浮生六记

人文经典文库

沈复 著

人民文学出版社

图书在版编目(CIP)数据

浮生六记/(清)沈复著. -- 2版. -- 北京：人民文学出版社, 2025. --(人文经典文库). -- ISBN 978-7-02-019390-5

Ⅰ. I264.9

中国国家版本馆 CIP 数据核字第 2025PG0136 号

责任编辑	胡文骏
装帧设计	陶　雷
责任印制	张　娜

出版发行	人民文学出版社
社　　址	北京市朝内大街 166 号
邮政编码	100705

印　　刷	北京新华印刷有限公司
经　　销	全国新华书店等

字　　数	142 千字
开　　本	880 毫米×1230 毫米　1/64
印　　张	$4\frac{13}{16}$　插页 2
印　　数	1—5000
版　　次	2024 年 11 月北京第 1 版
	2025 年 7 月北京第 2 版
印　　次	2025 年 7 月第 1 次印刷

书　　号	978-7-02-019390-5
定　　价	29.00 元

如有印装质量问题，请与本社图书销售中心调换。电话:010-65233595

目 录

前言 …………………………………………………… 1

卷一　闺房记乐 ………………………………………… 1
卷二　闲情记趣 ………………………………………… 61
卷三　坎坷记愁 ………………………………………… 95
卷四　浪游记快 ………………………………………… 149
附录一　清人序、跋、题记 …………………………… 237
附录二　伪作二卷《中山记历》《养生记逍》……… 247

前　言

在清代文学史上,先后出现过几本以文言笔记体来写家庭生活,尤其是夫妻琐事的作品,如冒襄的《影梅庵忆语》、沈复的《浮生六记》、陈裴之的《香畹楼忆语》、蒋坦的《秋灯琐忆》等。这些著作都作为个人生活的回忆录来开展叙述,大多叙事委婉,文字清丽,所描写的家庭生活,也多富有精致的诗意趣味。在这些著作中,对后世影响最大,同时也被公认为艺术成就最高的,是沈复的《浮生六记》。

《浮生六记》的影响有多大？以下评价可见一斑：林语堂称此书的女主角芸娘"是中国文学上一个最可爱的女人","《闺中记乐》是古今中外文学中最温柔最细腻的记载"。同时在他的名著《生活的艺术》中数次引用《浮生六记》中的描写记叙,作为林语堂心目中东方式"艺术化"生活的典范。俞平伯在《浮生六记》重印出版的校点序言里盛赞此书"俨如一块纯美的水晶,只见明莹,不见衬露明莹的颜色;只见精微,不见制作精微的痕迹"。这些盛誉,是《浮生六记》的作者沈复生前万万未曾想到的。

应该说,无论是内容还是形式,甚至是文字的风格,写于嘉庆年间的《浮生六记》都受到清初冒襄《影梅庵忆语》的巨大影响。但两位男性作者及两位书中女主人公的身份地位却有着天壤之别:冒襄是著名的"明末四公子"之一,文采华艳,声名藉甚,一时交游多为海内名彦,其爱妾董小宛更有着"秦淮八艳"之一的艳名。冒、董二人的情事成为清初包括吴伟业在内的许多著名文士吟咏的"流行"题材,而《影梅庵忆语》的写作更催发了这一题材的流行。

而沈复,却是乾嘉时期生活在苏州的一位无名文人,籍籍无名到连他具体去世的年岁都不可考知,无其他诗文传世,关于他生平的记载,也仅有这本自述体的《浮生六记》。从中读者可知,他出生于苏州一个小康经济水准的幕僚家庭,自己虽然受过不错的教育,能书善画,却远远谈不上饱读经史,或在任何一门学问的领域有所专长。从《浮生六记》的自述来看,他一生未曾应科考,自然也就未曾中举,谋生手段除了寥寥几次的游幕与并不成功的经商外,就仅有在家设书画摊糊口,所谓"三日所进,不敷一日所出"(《坎坷记愁》),困顿不堪。如果说,《影梅庵忆语》中展现的是晚明以来江南士大夫以精致为尚的生活品味,那么,我们在《浮生六记》中读到的,就是清代一家普通小市民知识分子的日常生活。以饮食为例,《影梅庵忆语》中为了赞美董小宛的兰心蕙质,写她手工精制秋海棠露和桃膏、腌梅等富有诗意的美食,读者从中感受到的是钟鸣鼎食之家的饮食之精,女主人公的巧手慧思。而《浮生六记》中提到的饮食则是豆腐乳、虾卤瓜、挑担馄饨这样的平民食品,但作者一一写来,充满回忆的深情,却格外让读者为之感动。

或许,这种平民趣味和文人风习的结合,以及不矫饰,自然天真的文风,正是《浮生六记》的传播与影响远胜于其他几部同题材作品的原因。俞平伯序言中赞美此书"无酸语、赘语、道学语",也正是针对《浮生六记》的此种风格而言。

本来,在"父母之命,媒妁之言"的传统婚姻模式中,目的为"合两姓之好"的婚姻关系,没有给男女两性之间的爱情留下多少发生空间。所以中国古典文学中写到夫妻关系时,大多强调彼此的责任、相守、付出与陪伴(比如诸多感谢妻子一生辛劳奉献的悼亡诗),而缠绵悱恻销魂入骨的爱情,则大多发生于夫妻之外的男女关系中。在这样的大背景下,《浮生六记》中陈芸与沈复的爱情真是一种难能可贵的存在。从十三岁时小儿女之间的朦胧好感,到新婚后的缠绵甜蜜,到中年夫妻的相依不尽,一直到依依死别的锥心之痛。他们的婚姻不仅建立在爱情的基础上,而且在婚后,不但没有被琐屑的日常生活所磨损,反而因为共同的爱好,共同的理想与志趣而逐日加深了彼此的情感。从某种程度来说,沈、陈二人的爱情,更接近现代男女的爱情观。而"鸿案相庄廿有三年,年愈久而情愈密"(《闺房记乐》),这样到了中年依然情爱深笃的婚姻,却是令许多当代的读者都艳羡不已的。

陈芸是中国文学中罕见的真率而自然的女性形象,正如在描写她的相貌时,作者并不回避她"两齿微露"的缺陷,作者在其他方面也未曾对她作过多的美饰(这样的坦诚是其他几本同类型回忆录所不具备的)。她文化程度不甚高深,仅能吟咏一二断句,女红针指也无惊世之才。但她却明白领悟欣赏并追求这世界上一切的美:风景之美、人物之美、生活环境之美、居室之美……陈芸对美好事物的追求,几乎出自于本能,而她又那样的勇敢,为了追求美而甘愿去大胆地挑战人世道德与习俗的种种规范。并能从贫寒的生活中去发掘,创造生活的美与乐趣。"可知我一生儿爱好是天然",《牡丹亭》中杜丽娘的这句自白,在三百年后找到了共鸣。

陈芸这样的妻子,是中国文学中从未出现过的,她的美好,溢出了之前对女性的所有传统衡量标准,无论是保守的德言容功还是才子眼光式的才色,都无法衡量陈芸的美好。而拥有、发现陈芸的美好前提是沈复这样的丈夫。受明代自由主义思潮的影响和女性教育的推行,在明清的江南文人中普遍存在着对"才女"的迷恋。然而沈复对陈芸,不仅有对女方才华的深深赞美,更多一种基于两性平等的尊重和建立在此种尊重之上的婚姻自由观念。无论是新婚后带妻子游沧浪亭,还是怂恿芸娘女扮男装与他逛庙会,假托归宁而夫妻同游太湖,带自己的朋友与陈芸同游,甚至允许陈芸参加朋友们的文会……这些都打破了旧式宗法家庭中男尊女卑、男外女内的传统夫妻关系。这也是在五四革命后,《浮生六记》一书迅速走红、再三重版的原因。在追求婚姻解放、爱情自主的思潮下,读者们忽然发现了乾嘉时期这对普通知识分子夫妻之间的平等且动人的爱情。

然而这样具有现代性的超前的婚姻和爱情势必是

不容于那个宗法制时代的,第三卷《坎坷记愁》即写这种美好的被毁灭。陈芸并不是一个旧式家庭与道德的反叛者,相反,她一心想做一名恪守礼范,得公婆垂爱的"好媳妇"。她一生安贫若素,视钱财如粪土,热情地招待丈夫的朋友,为了小叔的婚姻慷慨捐出自己嫁妆中的珠花,在两性关系中绝不嫉妒,甚至积极张罗着给丈夫和公公娶妾……如此种种,都符合一个旧式"贤妻"的标准。然而纵然如此,她的天真而率直,她那些一次次的踏过"闺范"界限的浪漫行为,终究让她一再得罪于公婆,最后夫妻双双被旧式宗法家庭摈斥。再加上恶劣的经济条件,最终导致她永别于儿女、中岁病逝的凄苦命运。陈芸临终总结自己的悲剧源于"君太多情,妾生薄命"(《坎坷记愁》),本来,封建宗法制的时代,等待着爱情的只能是毁灭的命运,虽然陈、沈二人的爱情有着合法婚姻的外壳,但在强大的宗法权、父权面前,这个外壳又是多么的脆弱,不堪遮蔽他们头顶的天空。

从书名可见,《浮生六记》本有六记。但作者沈复生前位卑名掩,又困顿以终,故而《浮生六记》在沈复生前一直未能出版刊行,只靠抄本在少数亲友间流传。1847年左右,一个叫杨引传的人路过苏州,在苏州的冷摊上偶然买到了沈复的《浮生六记》残稿,此时《浮生六记》已经仅有前四卷。这部四卷残稿,在杨家的亲友中被小范围地传抄阅读。三十年后的1877年,在沈复去世的几十年后,杨引传决定把四卷本的《浮生六记》交给上海《申报》尊闻阁以活字印刷出版,这个版本前有杨引传的妹夫、著名报人王韬写的跋语。至此,这部书才出现在广大读者面前。到了民国时期,受婚姻爱情自主潮的影响,此书应时代风气而迅速走红,被一再重版。

因为《浮生六记》缺了最末的《中山记历》和《养生记道》两卷,出于对缺憾美的补足,20世纪30年代,有出版商伪造了后两卷的内容,并将《养生记道》改名为《养生记逍》,以所谓"足本"的面貌重版。但伪造的后两卷究属拼凑之作,艺术价值和文章内容都无法达到原著的水准,早已有许多学者作过辨伪的考证。一直到2008年,有学者发现清代学者钱泳的《记事珠》手稿中《册封琉球国记略》一篇,很可能就是抄录自已经失传的《海国记》,也即《中山记历》的初稿本。《册封琉球国记略》记载的是嘉庆十三年(1808)清政府册封琉球国王时,沈复作为随从一员前往琉球的所见所闻,这部分内容留下了对当时琉球风土民俗的精彩描绘。

而依然失落的《养生记道》,是否有朝一日也能够重现于天壤之间?这是热爱《浮生六记》的读者共同期望的。

侯荣荣

卷 一

闺房记乐

卷一　闺房记乐

余生乾隆癸未冬十一月二十有二日①,正值太平盛世,且在衣冠之家②,居苏州沧浪亭畔。天之厚我,可谓至矣。东坡云:"事如春梦了无痕",苟不记之笔墨,未免有辜彼苍之厚。因思《关雎》冠三百篇之首③,故列夫妇于首卷,余以次递及焉。所愧少年失学,稍识"之无"④,不过记其实情实事而已。若必考订其文法,是责明于垢鉴矣⑤。

余幼聘金沙于氏,八龄而夭。娶陈氏。陈名芸,字淑珍,舅氏心余先生女也。生而颖慧,学语时,口授《琵琶行》,即能成诵。四龄失怙⑥,母金氏,弟克昌,家

① 乾隆癸未:公元1763年。
② 衣冠之家:指做官的富贵人家。
③ 三百篇:指《诗经》,因其共存诗三百零五篇,故从《论语》中开始即有"诗三百"之称。其开首第一篇为《关雎》,《诗序》云其:"所以风天下,而正夫妇也。"
④ 稍识"之无":据《唐书·白居易传》:"其始生七月能展书,姆指之、无两字,虽试百数不差。"在此处谦指识字不多。
⑤ 垢鉴:沾满了尘垢的镜子。鉴,镜子。
⑥ 失怙(hù):失去了父亲。怙,依靠。《诗经·小雅·蓼莪》:"无父何怙?无母何恃?"

徒壁立。芸既长，娴女红①，三口仰其十指供给，克昌从师，脩脯无缺②。一日，于书簏中得《琵琶行》，挨字而认，始识字。刺绣之暇，渐通吟咏，有"秋侵人影瘦，霜染菊花肥"之句。

余年十三，随母归宁③，两小无嫌，得见所作，虽叹其才思隽秀，窃恐其福泽不深，然心注不能释④，告母曰："若为儿择妇，非淑姊不娶。"母亦爱其柔和，即脱金约指缔姻焉⑤。此乾隆乙未七月十六日也。

是年冬，值其堂姊出阁⑥，余又随母往。芸与余同齿而长余十月，自幼姊弟相呼，故仍呼之曰淑姊。时但见满室鲜衣，芸独通体素淡，仅新其鞋而已。见其绣制精巧，询为己作，始知其慧心不仅在笔墨也。其形削肩长项，瘦不露骨，眉弯目秀，顾盼神飞，唯两齿微露，似非佳相。一种缠绵之态，令人之意也消。索观诗稿，有仅一联，或三四句，多未成篇者。询其故，笑曰："无师之作，愿得知己堪师者敲成之耳。"余戏题其签曰"锦

---

① 女红(gōng)：指女子所从事的编织、刺绣等工作。
② 脩脯：脩、脯，皆指干肉。为古代的敬师之礼。后代指学费。
③ 归宁：指女子出嫁后回娘家。
④ 注：注想。此指全心关注。释：放下，放弃。
⑤ 金约指：金戒指。
⑥ 出阁：指女子出嫁。

囊佳句"①。不知夭寿之机②,此已伏矣。

是夜,送亲城外,返已漏三下③,腹饥索饵,婢妪以枣脯进,余嫌其甜。芸暗牵余袖,随至其室,见藏有暖粥并小菜焉,余欣然举箸。忽闻芸堂兄玉衡呼曰:"淑妹速来!"芸急闭门曰:"已疲乏,将卧矣。"玉衡挤身而入,见余将吃粥,乃笑睨芸曰④:"顷我索粥⑤,汝曰'尽矣',乃藏此专待汝婿耶?"芸大窘避去,上下哗笑之。余亦负气,挈老仆先归。

自吃粥被嘲,再往,芸即避匿,余知其恐贻人笑也。

至乾隆庚子正月二十二日花烛之夕⑥,见瘦怯身材依然如昔,头巾既揭,相视嫣然。合卺后⑦,并肩夜膳,余暗于案下握其腕,暖尖滑腻,胸中不觉怦怦作跳。让之食,适逢斋期,已数年矣。暗计吃斋之初,正余出

---

① 锦囊佳句:典出李商隐《李贺小传》。谓唐代诗人李贺每骑驴出门,总领一小童,背一破锦囊,遇有佳句,即书投囊中。因李贺卒时年仅二十九岁,故下文作者认为自己所题之签非佳兆。
② 夭寿:短寿。机:先兆。
③ 漏:漏壶。古代的计时器。漏三下,表明夜已深。
④ 睨(nì):斜着眼看。
⑤ 顷:刚才。
⑥ 乾隆庚子:公元1780年。
⑦ 合卺(jǐn):古时夫妇成婚之日,将一个匏瓜剖成两只瓢,新娘新郎各执其一对饮,叫合卺。后即以合卺指代成婚。卺,饮酒时所用的瓢。

痘之期,因笑谓曰:"今我光鲜无恙,姊可从此开戒否?"芸笑之以目,点之以首。

廿四日为余姊于归①,廿三国忌不能作乐,故廿二之夜即为余姊款嫁。芸出堂陪宴,余在洞房与伴娘对酌,拇战辄北②,大醉而卧,醒则芸正晓妆未竟也。

是日,亲朋络绎,上灯后始作乐。

廿四子正③,余作新舅送嫁,丑末归来,业已灯残人静。悄然入室,伴妪盹于床下,芸卸妆尚未卧,高烧银烛,低垂粉颈,不知观何书而出神若此。因抚其肩曰:"姊连日辛苦,何犹孜孜不倦耶?"芸忙回首起立曰:"顷正欲卧,开橱得此书,不觉阅之忘倦。《西厢》之名,闻之熟矣,今始得见,真不愧才子之名,但未免形容尖薄耳。"余笑曰:"唯其才子,笔墨方能尖薄。"伴妪在旁促卧,令其闭门先去。遂与比肩调笑,恍同密友重逢。戏探其怀,亦怦怦作跳,因俯其耳曰:"姊何心舂乃尔耶?"④芸回眸微笑。便觉一缕情丝摇人魂魄,拥之入帐,不知东方之既白。

---

① 于归:出嫁。语出《诗经·周南·桃夭》:"之子于归,宜其室家。"
② 拇战:指猜拳。北:败北,失败。
③ 子正:相当于半夜十二点。
④ 舂:形容心跳剧烈,如同捣米一般。乃尔:这般。

芸作新妇，初甚缄默，终日无怒容，与之言，微笑而已。事上以敬，处下以和，井井然未尝稍失。每见朝暾上窗①，即披衣急起，如有人呼促者然。余笑曰："今非吃粥比矣，何尚畏人嘲耶？"芸曰："曩之藏粥待君②，传为话柄；今非畏嘲，恐堂上道新娘懒惰耳③。"余虽恋其卧而德其正，因亦随之早起。自此耳鬓相磨，亲同形影，爱恋之情有不可以言语形容者。

而欢娱易过，转瞬弥月。时吾父稼夫公在会稽幕府④，专役相迓⑤，受业于武林赵省斋先生门下。先生循循善诱，余今日之尚能握管⑥，先生力也。归来完姻时，原订随侍到馆，闻信之余，心甚怅然，恐芸之对人堕泪。而芸反强颜劝勉，代整行装。是晚，但觉神色稍异而已。临行，向余小语曰："无人调护，自去经心！"

及登舟解缆，正当桃李争妍之候，而余则恍同林鸟失群，天地异色！

---

① 暾(tūn)：初升的太阳。
② 曩(nǎng)：从前。
③ 堂上：指父母。
④ 会稽：辖今浙江绍兴市一带。幕府：古代将帅在外，设帐幕为府署。后因以幕府指代官员的府署。沈复的父亲时在绍兴府做幕僚。
⑤ 专役相迓：专程派人来接。迓，迎接。
⑥ 握管：指执笔写作。管，指毛笔。

到馆后,吾父即渡江东去。居三月,如十年之隔。芸虽时有书来,必两问一答,半多勉励词,余皆浮套语,心殊怏怏①。每当风生竹院,月上蕉窗,对景怀人,梦魂颠倒。先生知其情,即致书吾父,出十题而遣余暂归,喜同戍人得赦②。

登舟后,反觉一刻如年。及抵家,吾母处问安毕,入房,芸起相迎,握手未通片语,而两人魂魄恍恍然化烟成雾,觉耳中惺然一响,不知更有此身矣。

时当六月,内室炎蒸,幸居沧浪亭爱莲居西间壁,板桥内一轩临流,名曰"我取",取"清斯濯缨,浊斯濯足"意也。檐前老树一株,浓阴覆窗,人面俱绿。隔岸游人往来不绝,此吾父稼夫公垂帘宴客处也。禀命吾母,携芸消夏于此。因暑罢绣,终日伴余课书论古、品月评花而已。芸不善饮,强之可三杯,教以射覆为令③。自以为人间之乐,无过于此矣。

一日,芸问曰:"各种古文,宗何为是?"

余曰:"《国策》、《南华》取其灵快;匡衡、刘向取其雅健;史迁、班固取其博大;昌黎取其浑;柳州取其峭;

---

① 怏怏:不快乐的样子。
② 戍人:因获罪而被流放的人。
③ 射覆:古代的一种酒令游戏。

庐陵取其宕;三苏取其辩,他若贾、董策对,庾、徐骈体,陆贽奏议,取资者不能尽举,在人之慧心领会耳。"①

芸曰:"古文全在识高气雄,女子学之恐难入彀②,唯诗之一道,妾稍有领悟耳。"

余曰:"唐以诗取士,而诗之宗匠必推李、杜③,卿爱宗何人?"

芸发议曰:"杜诗锤炼精纯,李诗潇洒落拓。与其学杜之森严,不如学李之活泼。"

余曰:"工部为诗家之大成,学者多宗之,卿独取李,何也?"

芸曰:"格律谨严,词旨老当,诚杜所独擅;但李诗宛如姑射仙子④,有一种落花流水之趣,令人可爱。非

---

① 国策:指《战国策》,为先秦时期的著名史学著作。南华:指《庄子》,道教奉其为《南华经》,故称。匡衡、刘向:俱为西汉人,都是著名学者。匡衡以善解《诗经》闻名。刘向著有《别录》。史迁:司马迁,西汉史学家,因其著有《史记》,故称史迁。班固:东汉史学家,著有《汉书》。昌黎:唐代文学家韩愈,昌黎为其郡望。柳州:唐代文学家柳宗元,因其曾任柳州司马,故称。庐陵:宋代文学家欧阳修,因其出生于庐陵吉水,故称。三苏:指宋代文学家苏洵、苏轼、苏辙。贾、董:分别指汉代的文学家贾谊和经学家董仲舒。庾、徐:分别指南北朝时期的文学家庾信和徐陵。陆贽:唐代作家,长于政论文。

② 入彀(gòu):比喻达到一定的水准。彀,本指弓箭的射程范围。

③ 李、杜:指唐代的著名诗人李白和杜甫。

④ 姑射仙子:典出《庄子·逍遥游》。本为传说中的神仙。相传其居于藐姑射之山,肌肤若冰雪,绰约若处子。后用以比喻女子的美貌。

杜亚于李,不过妾之私心宗杜心浅,爱李心深。"

余笑曰:"初不料陈淑珍乃李青莲知己①。"

芸笑曰:"妾尚有启蒙师白乐天先生②,时感于怀,未尝稍释。"

余曰:"何谓也?"

芸曰:"彼非作《琵琶行》者耶?"

余笑曰:"异哉!李太白是知己,白乐天是启蒙师,余适字'三白',为卿婿,卿与'白'字何其有缘耶?"

芸笑曰:"'白'字有缘,将来恐白字连篇耳(吴音呼别字为白字)。"相与大笑。

余曰:"卿既知诗,亦当知赋之弃取。"

芸曰:"《楚辞》为赋之祖,妾学浅费解。就汉、晋人中,调高语炼,似觉相如为最。"

余戏曰:"当日文君之从长卿③,或不在琴而在此乎?"复相与大笑而罢。

余性爽直,落拓不羁;芸若腐儒,迂拘多礼。偶为披衣整袖,必连声道"得罪";或递巾授扇,必起身来

---

① 李青莲:指李白,青莲居士为其号。
② 白乐天:指唐代诗人白居易,乐天居士为其号。
③ 文君:卓文君。为西汉成都富豪卓王孙女,寡居,司马相如以琴挑之,遂与私奔,并与之当垆卖酒。长卿:司马相如字。西汉成都(今属四川)人。为著名的辞赋作家。

卷一 闺房记乐

接。余始厌之,曰:"卿欲以礼缚我耶?语曰:'礼多必诈。'"芸两颊发赤,曰:"恭而有礼,何反言诈?"余曰:"恭敬在心,不在虚文。"芸曰:"至亲莫如父母,可内敬在心而外肆狂放耶?"余曰:"前言戏之耳。"芸曰:"世间反目,多由戏起,后勿冤妾,令人郁死!"余乃挽之入怀,抚慰之,始解颜为笑。自此"岂敢"、"得罪"竟成语助词矣。

鸿案相庄廿有三年①,年愈久而情愈密。家庭之内,或暗室相逢,窄途邂逅,必握手问曰:"何处去?"私心忒忒②,如恐旁人见之者。实则同行并坐,初犹避人,久则不以为意。芸或与人坐谈,见余至,必起立偏挪其身,余就而并焉,彼此皆不觉其所以然者,始以为惭,继成不期然而然。独怪老年夫妇相视如仇者,不知何意? 或曰:"非如是,焉得白头偕老哉?"斯言诚然欤?

是年七夕,芸设香烛瓜果,同拜天孙于我取轩中③。余镌"愿生生世世为夫妇"图章二方④,余执朱

① 鸿案相庄:用梁鸿举案齐眉的典故。相庄,相敬的意思。
② 忒忒:忐忑的意思。
③ 天孙:织女。
④ 镌:刻。

文,芸执白文,以为往来书信之用。是夜,月色颇佳,俯视河中,波光如练,轻罗小扇,并坐水窗,仰见飞云过天,变态万状。

芸曰:"宇宙之大,同此一月,不知今日世间,亦有如我两人之情兴否?"

余曰:"纳凉玩月,到处有之。若品论云霞,或求之幽闺绣闼①,慧心默证者固亦不少②。若夫妇同观,所品论者恐不在此云霞耳。"

未几,烛烬月沉,撤果归卧。

七月望③,俗谓鬼节。芸备小酌,拟邀月畅饮。夜忽阴云如晦,芸愀然曰:"妾能与君白头偕老,月轮当出。"余亦索然。但见隔岸萤光明灭万点,梳织于柳堤蓼渚间。余与芸联句以遣闷怀④,而两韵之后,逾联逾纵,想入非夷⑤,随口乱道。芸已漱涎涕泪,笑倒余怀,不能成声矣。觉其鬓边茉莉浓香扑鼻,因拍其背,以他词解之曰:"想古人以茉莉形色如珠,故供助妆压鬓,

① 绣闼(tà):指女子的闺房。绣,华丽。闼,内室。
② 默证:默默地体悟。证,佛教语,参悟。
③ 望:农历每月的十五。
④ 联句:即联句赋诗的意思。由两人或多人一起,一人出上联,另一人续下联。
⑤ 非夷:匪夷所思。

不知此花必沾油头粉面之气,其香更可爱,所供佛手当退三舍矣①。"芸乃止笑曰:"佛手乃香中君子,只在有意无意间。茉莉是香中小人,故须借人之势,其香也如胁肩谄笑②。"余曰:"卿何远君子而近小人?"芸曰:"我笑君子爱小人耳。"

正话间,漏已三滴,渐见风扫云开,一轮涌出,乃大喜。倚窗对酌,酒未三杯,忽闻桥下哄然一声,如有人堕。就窗细瞩③,波明如镜,不见一物,惟闻河滩有只鸭急奔声。余知沧浪亭畔素有溺鬼,恐芸胆怯,未敢即言。芸曰:"噫!此声也,胡为乎来哉?"不禁毛骨皆栗。急闭窗,携酒归房。一灯如豆,罗帐低垂,弓影杯蛇④,惊神未定。剔灯入帐,芸已寒热大作。余亦继之,困顿两旬⑤。真所谓乐极灾生,亦是白头不终之兆。

中秋日,余病初愈。以芸半年新妇,未尝一至间壁之沧浪亭,先令老仆约守者勿放闲人。于将晚时,偕芸及余幼妹,一妪一婢扶焉,老仆前导,过石桥,进门折

---

① 佛手:佛手柑。
② 胁肩谄笑:耸着双肩谄媚地笑。
③ 瞩:注视。
④ 弓影杯蛇:即杯弓蛇影,疑神疑鬼的意思。
⑤ 旬:计时单位,十日为一旬。

东,曲径而入。叠石成山,林木葱翠。亭在土山之巅,循级至亭心,周望极目可数里,炊烟四起,晚霞烂然。隔岸名"近山林",为大宪行台宴集之地,时正谊书院犹未启也。携一毯设亭中,席地环坐,守者烹茶以进。

少焉,一轮明月已上林梢,渐觉风生袖底,月到波心,俗虑尘怀,爽然顿释。芸曰:"今日之游乐矣!若驾一叶扁舟,往来亭下,不更快哉!"时已上灯,忆及七月十五夜之惊,相扶下亭而归。吴俗,妇女是晚不拘大家小户皆出,结队而游,名曰"走月亮"。沧浪亭幽雅清旷,反无一人至者。

吾父稼夫公喜认义子,以故余异姓弟兄有二十六人。吾母亦有义女九人,九人中王二姑、俞六姑与芸最和好。王痴憨善饮,俞豪爽善谈。每集,必逐余居外,而得三女同榻,此俞六姑一人计也。余笑曰:"俟妹于归后,我当邀妹丈来,一住必十日。"俞曰:"我亦来此,与嫂同榻,不大妙耶?"芸与王微笑而已。

时为吾弟启堂娶妇,迁居饮马桥之仓米巷,屋虽宏畅,非复沧浪亭之幽雅矣。

吾母诞辰演剧,芸初以为奇观。吾父素无忌讳,点演《惨别》等剧,老伶刻画,见者情动。余窥帘见芸忽起去,良久不出,入内探之,俞与王亦继至。见芸一人支颐独坐镜奁之侧①,余曰:"何不快乃尔?"芸曰:"观剧原以陶情②,今日之戏徒令人断肠耳。"俞与王皆笑之。余曰:"此深于情者也。"俞曰:"嫂将竟日独坐于此耶?"芸曰:"俟有可观者再往耳。"王闻言先出,请吾母点《刺梁》、《后索》等剧,劝芸出观,始称快。

余堂伯父素存公早亡,无后,吾父以余嗣焉③。墓在西跨塘福寿山祖茔之侧,每年春日,必挈芸拜扫。王二姑闻其地有戈园之胜,请同往。芸见地下小乱石有苔纹,斑驳可观,指示余曰:"以此叠盆山,较宣州白石为古致。"余曰:"若此者恐难多得。"王曰:"嫂果爱此,我为拾之。"即向守坟者借麻袋一,鹤步而拾之,每得一块,余曰"善",即收之;余曰"否",即去之。未几,粉汗盈盈,拽袋返曰:"再拾则力不胜矣。"芸且拣且言曰:"我闻山果收获,必借猴力,果然。"王愤撮十指作哈痒状,余横阻之,责芸曰:"人劳汝逸④,犹作此语,无怪妹之动愤也。"

归途游戈园,稚绿娇红,争妍竞媚。王素憨,逢花

① 支颐:手托腮帮。
② 陶情:陶冶性情。
③ 嗣:出继。
④ 劳:辛苦。逸:安闲。

必折,芸叱曰:"既无瓶养,又不簪戴,多折何为?"王曰:"不知痛痒者,何害?"余笑曰:"将来罚嫁麻面多须郎,为花泄忿。"王怒余以目,掷花于地,以莲钩拨入池中①,曰:"何欺侮我之甚也!"芸笑解之而罢。

芸初缄默,喜听余议论。余调其言②,如蟋蟀之用纤草,渐能发议。其每日饭必用茶泡,喜食芥卤乳腐,吴俗呼为臭乳腐,又喜食虾卤瓜。此二物余生平所最恶者,因戏之曰:"狗无胃而食粪,以其不知臭秽;蜣螂团粪而化蝉,以其欲修高举也③。卿其狗耶?蝉耶?"芸曰:"腐取其价廉而可粥可饭,幼时食惯,今至君家,已如蜣螂化蝉,犹喜食之者,不忘本也。至卤瓜之味,到此初尝耳。"余曰:"然则我家系狗窦耶?④"芸窘而强解曰:"夫粪,人家皆有之,要在食与不食之别耳。然君喜食蒜,妾亦强啖之⑤。腐不敢强,瓜可掩鼻略尝,入咽当知其美,此犹无盐貌丑而德美也⑥。"余笑曰:

---

① 莲钩:指古时女子所缠的小脚,形状如钩。
② 调其言:引逗对方说话。
③ 高举:往高处飞。
④ 狗窦:狗洞。
⑤ 啖:吃。
⑥ 无盐:战国时无盐邑有女名钟离春,貌极丑,然有美德。曾自谒齐宣王,被纳为后。

"卿陷我作狗耶?"芸曰:"妾作狗久矣,屈君试尝之。"以箸强塞余口。余掩鼻咀嚼之,似觉脆美,开鼻再嚼,竟成异味,从此亦喜食。芸以麻油加白糖少许拌卤腐,亦鲜美;以卤瓜捣烂拌卤腐,名之曰双鲜酱,有异味。余曰:"始恶而终好之,理之不可解也。"芸曰:"情之所钟,虽丑不嫌。"

余启堂弟妇,王虚舟先生孙女也。催妆时偶缺珠花①,芸出其纳采所受者呈吾母②。婢妪旁惜之,芸曰:"凡为妇人,已属纯阴,珠乃纯阴之精,用为首饰,阳气全克矣,何贵焉?"而于破书残画反极珍惜。书之残缺不全者,必搜集分门,汇订成帙,统名之曰"断简残编";字画之破损者,必觅故纸粘补成幅,有破缺处,倩予全好而卷之,名曰"弃余集赏"。于女红中馈之暇③,终日琐琐,不惮烦倦。芸于破笥烂卷中④,偶获片纸可观者,如得异宝。旧邻冯妪每收乱卷卖之。

其癖好与余同,且能察眼意,懂眉语,一举一动,示之以色,无不头头是道。

---

① 催妆:古时婚俗,女子出嫁时,要经男方多次催促,方才梳妆起行,以示不忘娘家。
② 纳采:指订婚时男方向女方送聘礼。
③ 中馈:指妇女在家操持饮食之事。
④ 笥(sì):筐子。

余尝曰："惜卿雌而伏,苟能化女为男,相与访名山,搜胜迹,遨游天下,不亦快哉!"

芸曰："此何难,俟妾鬓斑之后①,虽不能远游五岳,而近地之虎阜、灵岩,南至西湖,北至平山,尽可偕游。"

余曰："恐卿鬓斑之日,步履已艰。"

芸曰："今世不能,期以来世。"

余曰："来世卿当作男,我为女子相从。"

芸曰："必得不昧今生②,方觉有情趣。"

余笑曰："幼时一粥犹谈不了,若来世不昧今生,合卺之夕,细谈隔世,更无合眼时矣。"

芸曰："世传月下老人专司人间婚姻事,今生夫妇已承牵合,来世姻缘亦须仰借神力,盍绘一像祀之?③"

时有苕溪戚柳堤,名遵,善写人物④。倩绘一像,一手挽红丝,一手携杖悬姻缘簿,童颜鹤发,奔驰于非

---

① 鬓斑:鬓角斑白,指人年岁大。
② 不昧今生:不忘却今世的一切。昧,糊涂。此指对过去的事变得一无所知。
③ 盍:何不。
④ 写:描绘。

烟非雾中。此戚君得意笔也。友人石琢堂为题赞语于首①,悬之内室。每逢朔望,余夫妇必焚香拜祷。后因家庭多故,此画竟失所在,不知落在谁家矣。"他生未卜此生休",两人痴情,果邀神鉴耶?②

迁仓米巷,余颜其卧楼曰"宾香阁"③,盖以芸名而取如宾意也。院窄墙高,一无可取。后有厢楼,通藏书处,开窗对陆氏废园,但有荒凉之象。沧浪风景,时切芸怀④。

有老妪居金母桥之东,埂巷之北。绕屋皆菜圃,编篱为门,门外有池约亩许,花光树影,错杂篱边,其地即元末张士诚王府废基也。屋西数武⑤,瓦砾堆成土山,登其巅,可远眺,地旷人稀,颇饶野趣。妪偶言及,芸神往不置⑥,谓余曰:"自别沧浪,梦魂常绕,今不得已而思其次,其老妪之居乎?"余曰:"连朝秋暑灼人,正思得一清凉地以消长昼,卿若愿往,我先观其家,可居,即

---

① 石琢堂:名韫玉,字执如,琢堂为其号。江苏吴江(今属苏州)人。乾隆五十五年状元及第。曾任山东按察使,后罢归。主持苏州紫阳书院二十余年。著有杂剧《花间九奏》、传奇《红楼梦》。
② 鉴:见证。
③ 颜:指在匾额上题字。
④ 切:契合。
⑤ 武:量词。古代以半步为一武。
⑥ 不置:指一念在心,不能放弃。

襆被而往①,作一月盘桓何如?②"芸曰:"恐堂上不许。"余曰:"我自请之。"越日至其地③,屋仅二间,前后隔而为四,纸窗竹榻,颇有幽趣。老妪知余意,欣然出其卧室为赁,四壁糊以白纸,顿觉改观。

于是禀知吾母,挈芸居焉。邻仅老夫妇二人,灌园为业④。知余夫妇避暑于此,先来通殷勤,并钓池鱼、摘园蔬为馈。偿其价,不受,芸作鞋报之,始谢而受。

时方七月,绿树阴浓,水面风来,蝉鸣聒耳。邻老又为制鱼竿,与芸垂钓于柳阴深处。日落时,登土山观晚霞夕照,随意联吟,有"兽云吞落日,弓月弹流星"之句。少焉,月印池中,虫声四起,设竹榻于篱下,老妪报酒温饭熟,遂就月光对酌,微醺而饭。浴罢则凉鞋蕉扇,或坐或卧,听邻老谈因果报应事。三鼓归卧,周体清凉,几不知身居城市矣。

篱边倩邻老购菊,遍植之。九月花开,又与芸居十日。吾母亦欣然来观,持螯对菊⑤,赏玩竟日。芸喜

① 襆被:用包袱裹被。指收拾行装。
② 盘桓:停留。
③ 越日:过了一天。
④ 灌园:指种菜。
⑤ 螯:指螃蟹。

曰:"他年当与君卜筑于此①,买绕屋菜园十亩,课仆妪,植瓜蔬,以供薪水。君画我绣,以为诗酒之需。布衣菜饭,可乐终身,不必作远游计也。"余深然之。今即得有境地,而知己沦亡,可胜浩叹!

离余家半里许,醋库巷有洞庭君祠②,俗呼水仙庙。回廊曲折,小有园亭。每逢神诞,众姓各认一落,密悬一式之玻璃灯,中设宝座,旁列瓶几,插花陈设,以较胜负。日惟演戏,夜则参差高下,插烛于瓶花间,名曰"花照"。花光灯影,宝鼎香浮,若龙宫夜宴。司事者或笙箫歌唱,或煮茗清谈,观者如蚁集,檐下皆设栏为限。余为众友邀去,插花布置,因得躬逢其盛。

归家向芸艳称之,芸曰:"惜妾非男子,不能往。"余曰:"冠我冠,衣我衣,亦化女为男之法也。"于是易髻为辫,添扫蛾眉,加余冠,微露两鬓,尚可掩饰,服余衣,长一寸又半;于腰间折而缝之,外加马褂。芸曰:"脚下将奈何?"余曰:"坊间有蝴蝶履,大小由之,购亦

---

① 卜筑:择地建屋。
② 洞庭君祠:俗名水仙庙。其神实为柳毅。相传书生柳毅在泾阳遇见洞庭龙王幼女为夫家所折磨,牧羊于野。因打抱不平,毅然为传书洞庭。龙女得救后,感于其义,嫁于柳毅,柳遂成仙。事详唐人李朝威《柳毅传》。相传其神诞日为十月初六。

极易,且早晚可代撒鞋之用①,不亦善乎?"芸欣然。

及晚餐后,装束既毕,效男子拱手阔步者良久,忽变卦曰:"妾不去矣,为人识出既不便,堂上闻之又不可。"余怂恿曰:"庙中司事者谁不知我,即识出亦不过付之一笑耳。吾母现在九妹丈家,密去密来,焉得知之。"

芸揽镜自照,狂笑不已。余强挽之,悄然径去,遍游庙中,无识出为女子者。或问何人,以表弟对,拱手而已。最后至一处,有少妇幼女坐于所设宝座后,乃杨姓司事者之眷属也。芸忽趋彼通款曲②,身一侧,而不觉一按少妇之肩,旁有婢媪怒而起曰:"何物狂生,不法乃尔!"余欲为措词掩饰,芸见势恶,即脱帽翘足示之曰:"我亦女子耳。"相与愕然,转怒为欢,留茶点,唤肩舆送归③。

吴江钱师竹病故,吾父信归,命余往吊。芸私谓余曰:"吴江必经太湖,妾欲偕往,一宽眼界。"余曰:"正虑独行踽踽,得卿同行固妙,但无可托词耳。"芸曰,

---

① 撒鞋:即拖鞋。
② 通款曲:打招呼。款曲,殷勤的心意。
③ 肩舆:轿子。

"托言归宁。君先登舟,妾当继至。"余曰:"若然①,归途当泊舟万年桥下,与卿待月乘凉,以续沧浪韵事。"时六月十八日也。

是日早凉,携一仆先至胥江渡口,登舟而待,芸果肩舆至。解维出虎啸桥②,渐见风帆沙鸟,水天一色。芸曰:"此即所谓太湖耶?今得见天地之宽,不虚此生矣!想闺中人有终身不能见此者!"闲话未几,风摇岸柳,已抵江城。

余登岸拜奠毕,归视舟中洞然③,急询舟子。舟子指曰:"不见长桥柳阴下,观鱼鹰捕鱼者乎?"盖芸已与船家女登岸矣。余至其后,芸犹粉汗盈盈,倚女而出神焉。余拍其肩曰:"罗衫汗透矣!"芸回首曰:"恐钱家有人到舟,故暂避之。君何回来之速也?"余笑曰:"欲捕逃耳④。"于是相挽登舟,返棹至万年桥下,阳乌犹未落也⑤。舟窗尽落,清风徐来,纨扇罗衫,剖瓜解暑。少焉,霞映桥红,烟笼柳暗,银蟾欲上⑥,渔火满江矣。

① 若然:如果这样。
② 解维:解开系船的缆绳,即开船的意思。
③ 洞然:空空的样子。
④ 捕逃:追逮逃犯。这里是玩笑话。
⑤ 阳乌:太阳。因古代传说太阳中有三足乌,故后世也以乌指代太阳。
⑥ 银蟾:月亮。因古代传说月亮中有蟾蜍、玉兔,故又以蟾、兔指代月亮。

命仆至船梢与舟子同饮。

船家女名素云,与余有杯酒交,人颇不俗,招之与芸同坐。船头不张灯火,待月快酌,射覆为令。素云双目闪闪,听良久,曰:"觞政侬颇娴习①,从未闻有斯令,愿受教。"芸即譬其言而开导之,终茫然。余笑曰:"女先生且罢论,我有一言作譬,即了然矣。"芸曰:"君若何譬之?"余曰:"鹤善舞而不能耕,牛善耕而不能舞,物性然也。先生欲反而教之,无乃劳乎?"

素云笑捶余肩曰:"汝骂我耶!"芸出令曰:"只许动口,不许动手。违者罚大觥②。"素云量豪,满斟一觥,一吸而尽。余曰:"动手但准摸索,不准捶人。"芸笑挽素云置余怀,曰:"请君摸索畅怀。"余笑曰:"卿非解人,摸索在有意无意间耳,拥而狂探,田舍郎之所为也。"

时四鬓所簪茉莉,为酒气所蒸,杂以粉汗油香,芳馨透鼻。余戏曰:"小人臭味充满船头,令人作恶。"素云不禁握拳连捶曰:"谁教汝狂嗅耶?"芸呼曰:"违令,罚两大觥!"素云曰:"彼又以小人骂我,不应捶耶?"芸

---

① 觞政:指宴席上喝酒的规矩。
② 觥:古代的一种酒杯。

曰:"彼之所谓小人,盖有故也。请干此,当告汝。"素云乃连尽两觥,芸乃告以沧浪旧居乘凉事。素云曰:"若然,真错怪矣,当再罚。"又干一觥。

芸曰:"久闻素娘善歌,可一聆妙音否?"素即以象箸击小碟而歌。芸欣然畅饮,不觉酩酊,乃乘舆先归。余又与素云茶话片刻,步月而回。

时余寄居友人鲁半舫家萧爽楼中,越数日,鲁夫人误有所闻,私告芸曰:"前日闻若婿挟两妓饮于万年桥舟中,子知之否?"芸曰:"有之,其一即我也。"因以偕游始末详告之,鲁大笑,释然而去。

乾隆甲寅七月①,余自粤东归。有同伴携妾回者,曰徐秀峰,余之表妹婿也。艳称新人之美,邀芸往观。芸他日谓秀峰曰:"美则美矣,韵犹未也。"秀峰曰:"然则若郎纳妾②,必美而韵者乎?"芸曰:"然。"从此痴心物色,而短于资③。

时有浙妓温冷香者,寓于吴,有《咏柳絮》四律,沸传吴下,好事者多和之。余友吴江张闲憨素赏冷香,携

---

① 乾隆甲寅:公元1794年。
② 若郎:你的郎君。
③ 短于资:缺少钱。

柳絮诗索和。芸微其人而置之①,余技痒而和其韵,中有"触我春愁偏婉转,撩他离绪更缠绵"之句,芸甚击节②。

明年乙卯秋八月五日,吾母将挈芸游虎丘,闲憨忽至曰:"余亦有虎丘之游,今日特邀君作探花使者。"因请吾母先行,期于虎丘半塘相晤,拉余至冷香寓。见冷香已半老,有女名憨园,瓜期未破③,亭亭玉立,真"一泓秋水照人寒"者也。款接间④,颇知文墨。有妹文园,尚雏。

余此时初无痴想,且念一杯之叙,非寒士所能酬⑤,而既入个中,私心忐忑,强为酬答。因私谓闲憨曰:"余贫士也,子以尤物玩我乎?"闲憨笑曰:"非也,今日有友人邀憨园答我,席主为尊客拉去,我代客转邀客,毋烦他虑也。"余始释然。

至半塘,两舟相遇,令憨园过舟叩见吾母。芸、憨相见,欢同旧识,携手登山,备览名胜。芸独爱千顷云

---

① 微:看不起。
② 击节:打拍子,表示欣赏。
③ 瓜期:指女子满十六岁。因"瓜"字分开为两个"八"字,故以瓜期代指十六岁。未破:尚未成婚。
④ 款接:交往、相处。
⑤ 酬:负担。

高旷,坐赏良久。返至野芳滨,畅饮甚欢,并舟而泊。及解维,芸谓余曰:"子陪张君,留憨陪妾可乎?"余诺之。返棹至都亭桥,始过船分袂。归家已三鼓。

芸曰:"今日得见美而韵者矣,顷已约憨园明日过我,当为子图之①。"

余骇曰:"此非金屋不能贮②,穷措大岂敢生此妄想哉③?况我两人伉俪正笃,何必外求?"

芸笑曰:"我自爱之,子姑待之。"

明午,憨果至。芸殷勤款接,筵中以猜枚赢吟输饮为令,终席无一罗致语④。及憨园归,芸曰:"顷又与密约,十八日来此结为姊妹,子宜备牲牢以待⑤。"笑指臂上翡翠钏曰:"若见此钏属于憨,事必谐矣,顷已吐意,未深结其心也。"余姑听之。

十八日大雨,憨竟冒雨至。入室良久,始挽手出,见余有羞色,盖翡翠钏已在憨臂矣。焚香结盟后,拟再续前饮,适憨有石湖之游,即别去。芸欣然告余曰:"丽人已得,君何以谢媒耶?"

① 图:图谋,想办法。
② 非金屋不能贮:用金屋藏娇的典故。
③ 穷措大:穷书生。措大,亦作醋大,古代指酸腐的读书人。
④ 罗致:弄到手。
⑤ 牲牢:古指宴飨或祭祀时所用的猪、牛、羊。这里指丰盛的菜肴。

余询其详,芸曰:"向之秘言,恐憨意另有所属也,顷探之无他,语之曰:'妹知今日之意否?'憨曰:'蒙夫人抬举,真蓬蒿倚玉树也,但吾母望我奢①,恐难自主耳,愿彼此缓图之。'脱钏上臂时,又语之曰:'玉取其坚,且有团圞不断之意,妹试笼之以为先兆②。'憨曰:'聚合之权总在夫人也。'即此观之,憨心已得,所难必者冷香耳,当再图之。"余笑曰:"卿将效笠翁之《怜香伴》耶?"芸曰:"然。"

自此无日不谈憨园矣。后憨为有力者夺去,不果。芸竟以之死。

---

① 望我奢:对我期待很高。这里指希望用她赚很多的钱。
② 笼(lǒng):缠绕,佩戴。

今译 我生于乾隆癸未年冬天的十一月二十二日,正逢上太平盛世,又生在士大夫之家,住在苏州的沧浪亭边。上天对我的厚待,说起来真是不浅。苏东坡诗云:"事如春梦了无痕。"要是不写点什么记下来,未免辜负了苍天对我的厚爱。因为想到《关雎》被列在《诗经》三百篇的开头,所以我把写夫妇的这一卷放在全书之首,其他的按次序排列。只是惭愧我少年失学,不过略略认识几个字,(因此本书所写)不过是记点实情实事而已,如果(本书读者)硬要就本书讲求起文章法度来,就好比拿锈污的镜子照脸照不清了。

我幼时家里为我聘了金沙于家的姑娘为妻,(于家的姑娘)八岁上夭折了。后来娶的是陈家姑娘。陈氏名芸,字淑珍,是我舅舅陈心余先生的女儿。她打小儿就聪明伶俐,牙牙学语的时候,念《琵琶行》给她听,就能背上来。她四岁时父亲亡故,母亲是金氏,弟弟叫克昌,家里穷得就剩下四面墙。芸娘长大了点,女红娴熟,三口之家日常所用,全靠她十根手指头挣钱供养。克昌读书拜先生,日常的学费从来没缺过。一次她偶然从书簏中找到一篇《琵琶行》,挨着字念下去,这才开始识字。刺绣之外,渐渐也能吟咏诗词,有"秋侵人影瘦,霜染菊花肥"之句。

我十三岁的时候,随家母归宁。见到芸娘,两小无猜。我读到她的诗作,虽然叹服她才思隽秀,却也暗暗担心她此生福薄,但一心挂念,再也放不下。就禀告母亲说:"如果要为儿子挑媳妇,儿子非淑珍姐不娶。"母亲也素来爱芸娘的温柔和气,就手脱下金戒指,和陈家订下了婚事。那一天是乾隆乙未年的七月十六日。

那年冬天,正逢芸娘的堂姐出嫁,我又跟着母亲去吃喜酒。芸娘和我同岁而大我十个月,打小儿和我姐弟相称,因此虽然已经订了婚事,依旧叫她淑姐。当时只见满屋鲜亮颜色衣服,只有芸娘一身素素淡淡,仅仅脚上穿了双新鞋。我见那鞋绣得精巧,问了知道是她自己做的,才明白她的慧心巧思,不独在笔墨文字。芸娘生的瘦削肩膀,长脖子,虽然瘦,并不见骨架。弯弯的眉毛,秀丽的眼睛,顾盼之间,神采飞扬。唯独两枚门牙有点外露,并非福相。却自有一种缠绵娇美的神态,令人销魂。我向她要诗稿来看,见有的只有一联,有的只有三四句,大部分是没有成篇的。问为什么,芸娘笑道:"没有老师教导的幼稚诗作,希望能有知己为师,帮我把这些残篇推敲完工。"我开玩笑地在她的诗稿上题了"锦囊佳句",却不知道她将来夭亡的悲剧,已经就此预示了。

　　当天晚上亲友送亲送到城外,回来已经到了三更天,我肚子饿了叫点心吃,家里的婆子送上蜜枣,我嫌太甜。芸娘暗暗扯扯我的袖子,我跟着进了她的房间,见她藏了一份暖粥,还有小菜。我高高兴兴正要举筷子,忽然听到芸娘的堂兄玉衡在外面大叫:"淑妹妹快来!"芸娘连忙去关门,说:"已经累了,马上要睡下了。"玉衡硬挤进门,见我正要吃粥,就斜眼瞅着芸娘嘲讽道:"刚刚我要粥,你说'没了',原来藏起来专门招待你夫婿哪!"芸娘窘得不行,躲开了,一家上下都大笑。我也赌气,带了老仆人先回了家。

　　自从吃粥被嘲笑后,我再去陈家,芸娘就回避了,我知道她是怕再招人笑话。

到了乾隆四十五年正月二十二日成婚的晚上，我见芸娘瘦怯怯的身材，依然如往昔。揭了盖头，两人相视，嫣然一笑。喝了合卺酒后，肩并肩吃晚饭，我悄悄在桌下握着她的手腕，只觉得温暖纤细，柔滑细腻，心中止不住怦怦直跳。我让芸娘吃菜，她却说正逢自己吃斋的斋日，已经吃了几年了。算一下她开始吃斋的时候，正是我出痘的时节，我就笑着逗她说："现在我皮光肉滑没什么后遗症，姐姐可以从此开戒了吧？"芸娘眼中含笑，点了点头。

二十四日是我姐姐出嫁的日子，因为二十三日是国忌，不能办喜事，所以二十二日晚上就办酒席给我姐姐款嫁。芸娘出去到堂上陪客酒宴，我留在洞房和伴娘对酌，划拳屡划屡败，喝得大醉睡下了。醒来的时候芸娘已早起梳妆，还未结束。

那一天亲朋好友络绎不绝，到了晚上上灯后才开始奏乐。

二十四晚上交子正，我当新舅爷去给姐姐送嫁，到了丑末时回到家，已经是残灯一豆，四周人静。我悄悄溜进卧室，陪房婆子在床下正打着盹；芸娘已经卸了妆，还没睡下，高高点着亮堂堂的蜡

卷一 闺房记乐

烛,低垂着雪白颈子,不知看什么书正那么出神。我抚着芸娘的肩说:"姐姐这几日辛苦了,为什么还在孜孜不倦地看书?"芸娘忙回头,站起来道:"刚刚正想睡,开橱子看到这本书,不知不觉读得忘了困。《西厢记》的名头早就听熟了,今天才第一次读到。(作者)真不愧是才子,但未免形容得太刻薄了些。"我笑道:"就因为是才子,笔墨才能这么尖新刻薄。"陪房婆子在边上催我们睡觉,我叫她关了门先走。然后和芸娘并肩坐下,说说笑笑,好一似如密友重逢。我玩笑着伸手向她怀中,也是一般的怦怦跳,就俯身在她耳边悄悄说:"好姐姐,为什么心跳得这么厉害?"芸娘回眸一笑,我只觉得一缕情丝,令人魂魄俱摇,拥着她一起进了帐中,(正如苏东坡说的)不知东方之既白。

芸娘当了新媳妇,最初沉默得很,成天也并不生气,和她说话,她只微笑而已。她对长辈恭恭敬敬,对晚辈奴仆又十分和气,做事有条有理,一丝失误也无。每天刚见窗上有日光,就立刻穿衣起床,好似有人催着一般。我笑话她道:"现在已不是当年吃粥那时候了,为什么还这么怕人笑话?"芸娘说:"当年藏了粥给你,被人传成了话柄;现在倒不是怕人笑,只怕二位高堂说新娘子懒惰。"我虽然恋恋不舍,想和她多睡一会,却也敬重她的德行,因此也跟着早起了。从此二人日常耳鬓厮磨,亲热得形影不离,彼此爱恋的情感,用语言也描述不尽。

但欢娱的时光总是容易度过,一眨眼就满了一个月。当时我父亲稼夫公在绍兴县幕府中,专门派了县役来接我,要接我回去继续拜在武林赵省斋先生门下读书。赵先生教学循循善诱,我今天还能提笔写点文章,都是赵先生的功劳。我回苏州结婚的时候,本来就定好婚后还回赵先生书馆中侍奉他。我听到(要回杭州的)消息,心下怅然,怕芸娘会对人掉眼泪。结果芸娘反而强作欢颜来安慰劝勉我,又帮我整理行李。走的前一晚,我只能看出她神情稍微有点异样。我临走的时候,她小声向我说:"出门在外没人照顾,自己一定小心!"

等到我登船解缆出发,只见正是三月桃花李花争奇斗艳的时节,而我却恍恍惚惚,好比那失群的林中鸟,只觉得天地茫茫,世界也变了颜色。

到了杭州赵先生书馆中后,我父亲就东渡钱塘江回绍兴去了。我在杭州住了三个月,好似和芸娘分隔了十年。芸娘虽然有时也写信来,但一定要我写上两封她才回一封,信里大半是勉励我用功之语,其他都是些客套话,读得我心里闷闷的。我在书院中,每到一院翠竹风声潇潇,半轮明月映着蕉窗之时,对着良辰美景,怀念远方的伊人,真是梦魂颠倒。赵先生知道我的心事,就给我父亲写了信,给我出了十道文章题,打发我先暂时回苏州去。我的欢喜,好比那充军的人得了赦免一般。

等上了船,反而觉得一刻长似年。到了家,去我母亲屋里问了安,赶紧回自己房间,芸娘忙站起来迎接我,彼此拉着手一句话没说,只觉得两个人都魂魄飘飘,如烟似雾,耳朵里嗡的一声响,竟不知此身何处了。

当时正是六月,内室炎热湿溽。幸而我们住在沧浪亭爱莲居的西隔壁,过了沧浪亭门口的板桥,有个小轩,下面对着水,名叫"我取",就是取"清斯濯缨,浊斯濯足"的意思。我取轩的屋檐外,有一株老树,浓荫遮窗,窗内居人,脸都被映绿。隔岸(可见)去沧浪亭的游人往来不绝。我取轩本来是我父亲稼夫公请客开宴的地方,我向母亲禀告后,带着芸娘住进去消夏。因为是大热天,芸娘也停了针线活,每天不过是陪着我读书谈古,欣赏明月娇花而已。芸娘酒量浅,勉强逼着能喝三杯,我教会她猜射覆行酒令。只觉得人世间的欢乐,没有比这更好的了。

一天芸娘问我:"各种风格的古文,哪个才是正宗?"

我说:"《战国策》、《南华经》,好处是灵动轻快;匡衡、刘向的文章,以雅健见长;司马迁和班固,可取其博大;韩愈长于雄浑;柳宗元长于峻峭;欧阳修长于阔达;三苏长于雄辩;其他如贾谊、董仲舒的策对,庾信、徐陵的骈文,陆贽的奏议,取法于中,说也说不完,只是在于(后世学习者的)慧心领悟罢了。"

芸娘说:"写古文要见识高超,气格雄伟,女子去学恐怕很难入门,只有诗这种文体,我才稍微有点领悟。"

我说:"唐代以诗歌来选拔人才,说起唐诗大宗匠一定会推李白、杜甫,你喜欢学习谁的诗风?"

芸娘就发议论说:"杜诗锤炼精纯,李白诗潇洒落拓,与其学杜诗的格调谨严,不如学李白诗风的活泼。"

我说:"杜工部被称为诗人中的集大成者,后世大部分人学他,你却独独取中李白,为什么?"

芸娘说:"格律谨严,诗歌的意旨沉郁壮阔,诚然是杜诗所独擅长的。但李白诗宛如姑射仙子,自有一种落花自然逐流水的意趣,令人喜爱。不是杜比不过李,不过是我私意喜欢杜诗的心浅,爱李诗的心深。"

我笑道:"没想到陈淑珍是李青莲的一个知己啦。"

芸娘笑着说:"我还有位启蒙师傅白乐天先生呢,常常感怀在心,只是从来不说。"

我说:"为啥这么说?"芸娘答:"他不是写了《琵琶行》么?"我笑道:"有趣啦,李太白是你的知己,白乐天是你的启蒙师傅,我正好字三白,是你女婿,你与'白'字怎么这么有缘?"

芸娘笑道:"和白字有缘,将来只怕要白字连篇呢(吴语管"别"字叫"白"字)。"两人一起大笑起来。

我说:"你既然懂诗,也该知道赋的好坏吧?"芸娘说:"《楚辞》是赋祖宗,我学识浅薄,读它不懂。就汉到晋(的赋来说),要论格调高雅,语言锤炼精工的,还要数司马相如是第一。"我开玩笑说:"当年卓文君奔司马相如,或许不是为的琴声,而是因为这个吧?"两人又大笑了一阵子才罢。

我性子爽朗直率,不受拘束,芸娘却好像个老腐儒,迂腐拘束而讲究礼节。偶尔替她披衣服、理袖子,她一定要连声道"得罪",递个帕子、扇子给她,必然要站起来接。我一开始嫌烦,说:"你要用礼数来束缚我么? 俗话说:'礼多必诈。'"芸娘红了脸,说:"恭恭敬敬有礼节不好么,为什么反而要说有诈?"我说:"恭敬不恭敬在心里,不在这些表面虚文。"芸娘说:"至亲之人莫过于父母了,但对父母能只在心中敬重,而外面却狂放任性吗?"我说:"刚才的话是开玩笑啦。"芸娘道:"世间夫妻反目成仇,大多是从开玩笑开端的,以后可别随便冤枉妾身,真真教人郁闷死了呢!"我便拉她到怀中来,抚慰她,她才露出笑容。从此之后,"岂敢""得罪"竟成了我们之间对话的语助词了。

我和芸娘彼此敬重,做了二十三年夫妻,时间越长,感情越深厚。在家中,若是在暗室中遇到,或是窄道上碰见,必然拉着手问一声:"去哪儿?"私情不安,好像怕旁人看见似的。实际上却走路也一起并肩走,坐下也齐肩坐,开始还偷偷避着人,时间长了就不在乎了。芸娘有时和人坐着说话,见我来,一定会站起来斜牵着身子挪个位,我就和她并排坐下。彼此都没意识到为什么会这么(亲密),开头还有点羞,后来就成了自然而然的事情了。我就奇怪那些老年夫妻有彼此跟仇人似的,不知怎么想的?有人说:"不这样,怎么能白头偕老呢?"这话果真是有道理的么?

这一年的七夕,芸娘准备了香烛瓜果,和我一起在我取轩中拜织女。我刻了两块"愿生生世世为夫妇"的印章,我拿朱文的一枚,芸娘拿了白文的一枚,留着彼此写信时当印记。那天晚上月色很好,俯视我取轩外的小河,见水波闪烁,如同一匹白练。我们摇着轻罗小扇,并肩坐在临水轩窗之下,仰首见天空中流云浮动,变化万端。

芸娘说：“茫茫宇宙间，看的是同一轮月亮，不知道今天晚上这世间，还有没有像我们俩这么好兴致的？”

我说："纳凉赏月，到处都有。若说起品评云霞的韵事，如果到幽静的绣房闺阁中去找，有慧心能体悟的女子倒也不少。但要说起夫妻两个一同观赏，只怕所谈论品评的，就不是这云霞了。"

不久，蜡烛渐渐燃尽，月亮也西沉了，我们撤了供果，回房睡下。

七月十五日，是所谓的鬼节。芸娘准备了点酒菜，打算月下痛饮。到了晚上，忽然阴云密布，昏暗一片。芸娘闷闷不乐，说："若是我和您能白头偕老，月亮就该出来。"我也兴致寥寥。这时只见对岸上流萤万点，明灭不定，穿梭在堤岸柳间，水际蓼中。我和芸娘联句遣闷，联了两韵之后，越联越跑偏，都不知想到哪里去了，成了随口胡扯。芸娘已经笑得眼泪口水都出来，倒在我怀里，说不出话了。我只觉得她鬓边戴的茉莉花浓香扑鼻，就拍着她的背另外找话打岔说："想来古人因为茉莉花形状颜色都像珍珠，所以用来插鬓打扮。却不知这个花必要沾了头油和香粉的气息之后,才香得更可爱,供的佛手的香气都要退避三舍了。"芸娘这才止住笑说:"佛手是香中的君子,香气只在有意无意之间。茉莉是香中的小人,所以茉莉的香气要借别人的势,而且这香太浓太媚,好一似小人胁肩谄笑。"我说:"那你为啥远君子而近小人呢?"芸娘答:"我笑你这个君子却喜欢小人呀。"

正说着话,已经到了三更时候了。渐渐只见风吹散乌云,一轮明月涌出云中。我们极欢喜,倚在窗下对酌。还没喝上三杯酒,忽然听到外面桥下一声轰响,好像有人落水。靠着窗户细细看去,只见水波平静如镜面,什么也没有,只听到河滩上仿佛有鸭子急急奔跑的声音。我知道沧浪亭边素来有溺鬼出没,怕芸娘害怕,没敢告诉她。芸娘说:"噫!这声音,从哪里来的?"彼此都不禁毛骨悚然,皮肤栗栗。赶紧关了窗户,带了酒肴回到房中,一盏孤灯,灯焰微如一豆,罗帐低垂,我俩只觉得杯弓蛇影,惊魂不定。挑亮了油灯进了帐中,芸娘已经开始发很厉害的寒热。很快我也跟着病了,萎靡了二十来天。这真是所谓的乐极生灾,也是我俩到底没能白头到老的恶兆。

中秋节时,我的病刚刚痊愈。想到芸娘当了半年新媳妇,还从没去过隔壁的沧浪亭,就先教家里的老仆去和沧浪亭的看门人约好,不放闲人进去,在快傍晚的时候,我带着芸娘和自家小妹,一个婆子一个丫鬟扶着她们,老仆在前面引路,过了石桥,进了门曲折向东行,进了沧浪亭。园中叠石为假山,山上林木郁郁葱葱,土山顶上有个亭子。沿着石阶梯走到亭子中,远眺四周,可以一直望到几里之外。(只见)炊烟四起,晚霞灿烂。对岸的园林叫做"近山林",是宪台大人们来苏州时宴客的地方,当时正谊书院还没创立。我们带了条毯子铺在亭中,席地围坐下来,看门人烧了茶送过来。

不久,一轮明月升上林梢,渐渐只觉得袖间清风浮动,月亮正照着亭下水波。一时间心中种种凡尘俗事,都消除得干干净净了。芸娘说:"今日游得尽兴了。若能撑一艘小船,在亭下水面上游玩,岂不更妙?"当时已是上灯时节,我想到七月十五夜里受的惊吓,就催着她们彼此相扶,下了亭子回了家。苏州风俗,这个晚上妇女不管是大家小户,都要出来玩,成群结队地逛,叫做"走月亮"。而沧浪亭这般地清致幽雅,又能远眺,反而没有一个人来。

我父亲稼夫公喜欢认义子,所以我的异姓弟兄有二十六位。我母亲也有九位义女,九位中的王二姑、俞六姑和芸娘处得最好。王二姑天真娇憨,酒量很大,俞六姑性格豪爽,谈吐挥洒。每次她们聚会,都把我赶在屋外,而三个女郎一张床,这都是俞六姑一个人的点子。我开玩笑说:"等妹妹嫁了人,我也要邀妹夫来,定要一住住上个十天。"俞六姑说:"我也跟来,和嫂嫂一张床,岂不极好?"芸娘和王二姑都在边上含笑。

当时为了给我弟弟启堂娶媳妇,我家搬到饮马桥边的仓米巷。屋子虽然宽阔敞亮,但却没了沧浪亭旧居的幽雅。

我母亲生日请戏班唱戏,芸娘开始觉得新鲜。但我父亲从来不讲什么忌讳,点了《惨别》这些悲剧折子戏。老伶工表演得细腻入微,观众都深被打动。我望见帘子里的芸娘忽然站起来离开,半天也不出来,就进了房去看看,王二姑和俞六姑也跟着来了。只见芸娘一个人托着腮坐在窗下镜台边,我问:"为什么这么不开心?"芸娘答:"看戏本来是为了陶冶性情,今天的戏却看了只是教人伤心。"俞六姑和王二姑都笑了。我说:"这是个深情的人啊。"俞六姑说:"嫂嫂就这么独自坐一天么?"芸娘说:"等有了好看的戏再出去看罢。"王二姑一听就先出去,请我母亲点了《刺梁》《后索》这些戏,劝了芸娘出去看,这才高兴起来。

我的堂伯父素存公早逝无后,我父亲将我过继给素存公为嗣子。素存公的墓在西跨塘福寿山沈家祖坟的边上,每年春天,我都一定会带芸娘去祭拜扫墓。王二姑听说那边有个名胜戈园,也要一起去。芸娘见到墓园地上有碎石子带苔藓纹理的,斑斑驳驳颇可玩赏,指给我看说:"用这个来叠盆景假山,比宣州白石更古朴雅致呢。"我说:"要像这样的恐怕难找很多。"王二姑说:"嫂嫂要是真的喜欢,我来捡。"就向看坟的人借了一个麻袋,一步一低头地捡,每次找到一块,我说"可以",就收起来;我说"不好",就丢掉。没一会儿,她就忙得汗津津的,拖着袋子回来说:"再捡就没力气了。"芸娘一边捡拾一边说:"我听说收山果子的时候,一定要猴子帮忙,果然如此。"王二姑气得撮起十根手指要哈她痒,我拦住,责怪芸娘说:"人家辛苦你轻快,还说这种话,不怪妹妹动气呢。"

回家途中路过戈园,园中草木新绿,红花娇美,争奇斗艳。王二姑向来憨直,见了花就折,芸娘斥责她说:"又没有瓶子养花,又不留着簪戴,折那么多干什么?"王二姑说:"草木又不知痛不知痒,折了又有什么?"我笑道:"将来罚你嫁个麻子脸大胡子的夫婿,给花儿出气。"王二姑怒冲冲地瞪着我,把花一把丢到地上,拿脚踢到池塘里,说:"为什么这么欺负人!"芸娘笑着劝解了半天,才算罢休。

芸娘开始是很沉默的,喜欢听我大发议论。我逗她说话,好像用草茎撩拨蟋蟀一般,渐渐地她也能发点议论了。她每天吃饭一定要用茶泡饭,又喜欢吃芥卤乳腐,苏州俗称臭乳腐,又喜欢吃虾酱卤咸瓜。这两样东西是我生来最讨厌的,就开她玩笑说:"狗是因为没有胃,才喜欢吃粪,因为它不知道臭。蜣螂滚粪球来变蝉,是因为它要轻身高飞。你是狗呢,还是蝉呢?"芸娘说:"乳腐便宜,又能就粥又能下饭,打小儿吃惯了。现在嫁到你家来,已经好比蜣螂化成蝉了,还喜欢吃这个,为的是不忘本。至于酱卤瓜,是到了这边才第一次尝到。"我说:"难道我家是狗洞么?"芸娘窘得很,勉强辩解说:"粪家家都有,只不过吃不吃的区别罢了。但是像你喜欢吃蒜,我也勉强跟着吃。腐乳不敢强迫你,虾卤瓜倒是可以捏着鼻子尝一点,你吃了就知道它好吃,就好比无盐女虽生得丑,德行却高。"我笑道:"你要坑我当狗吗?"芸娘说:"我已经当了这么久了,就委屈你也尝尝吧。"拿筷子硬是塞到我嘴里,我捂着鼻子一嚼,觉得好像又脆又鲜,松开鼻子再嚼,竟然觉得大是美味,从此也就爱上了。芸娘用麻油加点白糖,来拌芥卤乳腐,也鲜美得很。用虾卤瓜捣烂了来拌乳腐,叫做"双鲜酱",好吃得不得了。我说:"开头那么讨厌,后来又喜欢,这世上的道理真叫人不懂。"芸娘说:"情之所钟,就是丑也不嫌弃啦。"

我弟弟启堂的妻子,是王虚舟先生的孙女。下催妆礼的时候,缺少珠花,芸娘就把她当年纳彩礼里面的珠花献给我母亲。家里的婆子在边上直道可惜,芸娘说:"生来做了女人,已经是纯阴之体。珍珠是纯阴精华所化,用来当首饰,克光了人的阳气,有什么好珍贵的?"但她对破书残画反而极其珍惜:残缺不全的书,必定搜集来之后分门别类装订成册,起了个总名字叫"断简残编";破损的字画,必定要找旧纸来,粘补成整幅,画面有破损缺少的,就请我来添补,然后卷起来,叫做"弃余集赏"。日常女红做饭之外,得了点空闲,就整天忙这个,不嫌烦不嫌累。破书筐旧画卷里,偶然翻到值得玩赏的一片纸,就跟得了什么稀罕宝贝似的。旧邻居有个冯婆子,经常收了书画残卷卖给她。

芸娘的爱好和我一般,而且特能体察别人的眉高眼低,一举一动,稍微暗示一下,她就能领略得一清二楚。

我曾经说:"可惜你是位女子,得守在家中。要是能变成男的,与我一起探访天下名山,游览胜迹,游遍天下,该多痛快!"

芸娘说:"这有什么难的,等我头发白了,虽然不能远游五岳这些地方,但近处的虎丘、灵岩,南面到杭州西湖,北面到扬州平山堂,全都可以一起去游览。"

我说:"只怕等你头发白了,也走不动啦。"

芸娘说:"这辈子不行,就等下辈子罢。"

我说:"下辈子你来当男人,我当女子跟着你。"

芸娘说:"得不忘掉这辈子的事情,才觉得有意思。"

我笑道:"小时候一顿粥说起来都没完没了,如果下辈子不忘这辈子的事,到了洞房花烛夜,细细谈起上辈子来,更是没有合眼睡觉的时间了。"

芸娘说:"世人都说月下老人专门管人间婚姻,这辈子我们结为夫妻,已是蒙他老人家牵线遇合,来世的姻缘也要仰仗他的神仙法力,何不画张像来供奉?"

当时有位苕溪人戚遵,号柳堤,擅长画人物写生。我请他画了一张月老像:一手挽着红线,一手拄着拐杖,杖头挂着姻缘簿。童颜鹤发,四周如烟如雾。这是戚君的得意之作。我的朋友石琢堂为这幅画题了赞语在上头,我把画挂在卧室,每逢初一、十五,我们夫妻俩一定会焚香礼拜。后来家里风波太多,这幅画竟然找不到,不知落在谁家去了。李商隐有诗"他生未卜此生休",两个人彼此情痴,真的能得神仙保佑吗?

搬到仓米巷后,我为楼上卧室题了块"宾香阁"的匾,一面是取芸娘的名字,一面又取夫妻相敬如宾的意思。新居院子狭隘,墙头很高,没有一点长处。院后有厢楼,通向藏书处。一开窗户对的是陆家的废园子,一片荒凉而已。沧浪亭的风景,让芸娘时时念之不忘。

有个老婆子,住在金母桥东面,埂巷的北面。四面菜地围着屋子,编竹篱笆当院门。门外有个一亩多的池塘,篱笆边有树有花,红绿相杂。这地方就是元末张士诚王府的废址。屋子西面几步,有瓦砾堆成的土山,登上顶可以远眺。这里地广人稀,很有点野趣。老婆子偶然和我说起这地方,芸娘无比神往,心里丢不下,跟我说:"自从告别了沧浪亭,梦里都常念着。不得已想找个可代替的,那个老婆婆的家怎么样?"我说:"这几天秋老虎烤人,正想着找个清凉宝地来消磨这漫漫长日,你若是想去,我先去看看她家好住否,再带铺盖过去,住上一个月怎么样?"芸娘说:"只怕二位高堂不答应。"我说:"我自己去和父母大人说。"第二天到了那边一看,屋子只有两间,前后隔开变成四间,素纸糊窗,青竹为榻,颇有点幽趣。老婆婆知道我的想法,高高兴兴把卧室租给我们,四面墙用白纸裱糊一过,顿觉大不一样。

于是禀告了家母,带着芸娘住了过去。邻居家只有两位老夫妻,种菜为生,知道我夫妻俩来这边避暑,先来问候,又钓了池中鱼,摘了园中蔬送过来,给他们钱也不要,后来芸娘做了鞋回赠,才道谢收了。

当时正是七月,绿树阴浓,水面上清风徐来,蝉声聒噪。邻家老者又给我们做了鱼竿,我和芸娘就在柳荫深处垂钓。日落时登上土山,欣赏晚霞夕照。和芸娘随意联句,有句曰"兽云吞落日,弓月弹流星"。不久,月影映在池中,四面虫声唧唧啾啾,在篱笆下摆好竹榻,老婆子过来说酒已经烫好,饭也煮好了,我们俩就在月光下对酌,喝到微醺,再吃饭。洗完澡,靸着凉鞋,手把芭蕉扇,随意坐着躺着,听邻家的老者讲种种因果报应的故事。到了三更鼓响起才回去睡下,这时已经遍身清凉,都快忘记自己是住在城市之中了。

我们请邻家老者买了菊花苗,在篱笆下种了个遍。九月里花开,又和芸娘住了十天。家母也高高兴兴来看花,备了螃蟹赏菊花,玩了一天。芸娘欢喜说:"将来要和你在这边买屋,屋边再买十亩地的菜园环绕着,日常管管家人婆子,种种瓜果蔬菜,供应日常开销。你画画,我绣花,换得的钱可以买酒食。布衣裳,小菜饭,安安乐乐一辈子,就不用远游求功名利禄了。"我很是赞同。现在即使真有这么一片田园,但芸娘这位知己已经下世,真令人无限感慨啊!

离我家不到一里的醋库巷,有洞庭君祠,俗称水仙庙。祠内回廊曲曲折折,有点园林风味。每到洞庭君诞日,各大户人家都到祠中寻一块地方,密密挂起一式一样的玻璃灯,灯下设宝座,两旁摆上高几花瓶等,插上花草陈列,来比赛胜负。白天演戏,晚上在瓶花间高高低低插上许多蜡烛,叫做"花照"。灯火烛影映着各色花朵,再加上宝鼎焚香,香烟浮动,热闹繁华得好似那龙宫开夜宴。主事的人或吹笙箫唱曲子,或煮茶清谈,来观摩者人头攒动,屋檐下都设了栏杆来隔人流。我因为被诸位朋友邀请去帮忙插花布置,所以亲眼见到这般热闹景象。

回家向芸娘吹嘘了一番,芸娘说:"可惜我不是男子,不能去。"我说:"戴我的帽子,穿我的衣裳,就能化女为男了。"于是芸娘打开发髻梳成辫子,又把眉毛描粗点,戴上我的帽子,两边微微露出点鬓角,也还掩饰得过去。穿了我的长衣,长了一寸半,就在腰间打了折子缝短,外面再加上马褂。芸娘说:"脚下怎么办?"我说:"街上有卖蝴蝶鞋,有大有小,买来也很方便,而且一早一晚还可以当拖鞋用,不是很方便吗?"芸娘听了很高兴。

到了晚饭后,芸娘穿戴好,学着男人拱手大步走了半天,忽然变卦说:"我不去了吧,被人认出来就不好了,而且二位高堂知道了又该不高兴了。"我怂恿她说:"水仙庙里管事的谁不知道我?就是认出来不过大家笑笑罢了。母亲现在在九妹夫家,悄悄去悄悄回来,母亲怎么会知道?"

芸娘对着镜子自照,大笑个不停。我强行挽着她,悄悄地径直去了。在水仙庙里逛了个遍,没人认出来她是位女子。有问她是谁的,我就说是我表弟,芸娘拱拱手见礼而已。最后到了个地方,有一家的年轻媳妇、小姑娘坐在自家设的宝座后面,原是姓杨的一位管事人的家眷。芸娘忽然过去打招呼,身体一歪,不小心按到一位年轻媳妇的肩膀。边上的婆子气冲冲站起来责问说:"哪里来的野小子,这么猖狂!"我还试图说点什么掩饰,芸娘见势头不好,忙取下帽子又翘起脚解释说:"我也是女的。"大家都愣了,随后杨家人转怒为笑,又留了我们吃茶点,叫了轿子把芸娘送回家。

吴江钱师竹先生病故,我父亲正好回浙江去了,就叫我去钱家吊问。芸娘偷偷跟我说:"去吴江一定过太湖,我也想一起去,开开眼界。"我说:"正愁一个人去路上寂寞,有你一起去当然好,只是找不到理由。"芸娘说:"就说我回娘家。你先登船,我再来。"我说:"要是能成行,回来就停船在万年桥下面,和你乘凉赏月,好续上同游沧浪亭的雅事。"当时是六月十八日。

那天早上凉快,我带了个仆人先到胥江渡口,上了船等着,芸娘果然乘了顶轿子来了。开船出了虎啸桥,渐渐只见水天茫茫,不辨上下,白帆点点,飞鸟出没。芸娘说:"这就是太湖么?今天才得见到天地的辽阔，真是不虚此生了！想来做女人的，有人一辈子都见不到这般景象吧！"闲谈没多久，就见岸上柳树风中轻摇，已经到了吴江了。

我上岸去钱家祭拜结束，回来只见船中空空，连忙问船夫。船夫指给我看："不见长桥柳树阴底下，那个正在看鱼鹰抓鱼的么？"原来芸娘已经和船家女登岸。我走到她身后，芸娘汗津津的，正靠着船家女出神。我拍拍她肩膀，说："衣衫都汗湿透啦。"芸娘回头说："怕钱家有人到船里来回拜，所以暂且躲避一下。您怎么回来得这么快？"我笑道："回来抓逃犯呀。"于是扶着她上了船，开船回到万年桥下，太阳还没落山。我们把船窗都卸下来，船中清风徐徐，身上穿的是凉快的熟罗衫子，手中纨扇摇摇，又切了瓜解暑。不久，晚霞映得万年桥一片通红，暮烟沉沉，岸柳影暗，月亮渐渐升起，江中点点渔火照亮水面。我打发仆人到船艄和船夫一起喝酒去了。

船家女郎叫素云，和我有过杯酒之交，人很是不俗气，我叫她来坐在芸娘边上。船头上不点灯，等月亮升起了，就开席喝酒，酒令行的是射覆。素云两只眼睛亮晶晶,听了半天,说:"酒令我也熟悉,从来没听过说这个令,请教教我。"芸娘就各种比方来教她,到底还是听得茫茫然。我笑道:"女先生先别教了,我这有个比喻,听了就明白了。"芸娘问:"夫君要怎么比喻呀?"我说:"鹤能跳舞而不能耕田,牛擅长耕田而不能舞蹈,因为万物各有其本性。你做先生的要反过来教,不辛苦么?"

素云笑着捶我肩膀说:"你骂我呀!"芸娘当令官,下令说:"只许动口,不许动手,违反的人罚一大杯酒。"素云酒量好,满满斟了一大杯酒,一口气喝干。我说:"动手也只许摸摸,不许捶人。"芸娘笑嘻嘻拉素云塞到我怀里,说:"请您摸个尽兴啦。"我笑道:"你不明白这个,摸要在有意无意之间,抱着肆意乱揉,是乡下人才干的啊。"

这时两位女郎鬓边簪的茉莉花,被酒气熏蒸,又杂上香粉气、汗气、头油香味,花香浓郁满鼻子都是。我开玩笑说:"小人气味满船头,令人犯恶心了。"素云不禁握起拳头连连捶我,道:"谁让你嗅个不停啊?"芸娘喊:"违令了,要罚两大杯!"素云说:"他又骂我小人呢,不该捶吗?"芸娘说:"他所说的小人,是有缘故的。请喝干了,我来告诉你。"素云就一口气喝干了两大杯,芸娘就告诉她沧浪亭旧居乘凉的往事。素云说:"如果是这样,真是错怪你啦,应该再罚一杯。"于是又干了一大杯。

芸娘说:"早就听说素娘子歌喉好,能不能让我们聆听一下美妙的声音呢?"素云就拿象牙筷子敲着小碟唱了一首。芸娘欣欣然,喝得很开心,不知不觉已沉醉,就乘了轿子先回去。我又和素云喝茶聊了一会,踏着月光回了家。

当时我借居在朋友鲁半舫家的萧爽楼,过了几天,鲁夫人听了些谣传,私下告诉芸娘说:"前天听说你夫婿带了两个妓女,在万年桥下船里喝酒,你知道吗?"芸娘说:"有啊,其中一个就是我。"就把一起去游太湖的事情详详细细告诉她,鲁夫人听了大笑,安心走了。

乾隆甲寅年七月,我从粤东回苏州。有位从粤东带了侍妾回来的同伴,就是我的表妹婿徐秀峰。他向我们极力夸耀新妾的美色,请了芸娘去看新人。芸娘后来对秀峰说:"美固然是美,只是还谈不上有风韵。"秀峰说:"如此说来,你家夫婿要是纳妾，一定是要个又美貌又风韵的了？"芸娘说："正是。"从此她一片痴心，开始替我物色美妾，却又缺钱。

当时有位浙江妓女叫做温冷香，来苏州住下。温作有四首《咏柳絮》七律，在苏州传得沸沸扬扬，好事的人作和诗的很多。我的朋友吴江张闲憨，素来欣赏温冷香，抄了四篇柳絮诗来找我们和诗。芸娘瞧不起温冷香，丢在一边，我技痒，作了四首和诗，其中有两句"触我春愁偏婉转，撩他离绪更缠绵"，芸娘很是欣赏，击节赞叹。

第二年乙卯年之秋的八月五日，我母亲要带芸娘一起逛虎丘，张闲憨忽然来说："我也要去逛虎丘，今天特特儿邀你一起去做个探花使者。"就请我母亲先出发，约好了到虎丘下的半塘相会。闲憨把我拉到冷香的寓所，见她已经是个半老徐娘，她有个女儿叫憨园，十五六岁年纪，生得亭亭玉立，真当得起一句"一泓秋水照人寒"。聊起来，很有点文墨，她还有个妹妹叫文园，还是个小孩子。

我那时一开始还没什么痴心妄想，而且想着叫她陪一次酒席的价钱，也不是我这样的寒士能担得起的。但既然到了这个环境,心中还是七上八下,勉强和憨园酬答而已。我私下悄悄和闲憨说:"我是个贫士,你带我来看这样的尤物,是坑我么?"闲憨笑道:"不是不是,今天本来有位朋友叫了憨园的席来答谢我,结果做主人的被贵客拉走了,我这个当客人的转头来邀客,你不用担心别的。"我这才放下心。

到了半塘,我们的船遇到家里的船,我叫憨园去我母亲船上给她磕头见礼。芸娘和憨园一见面,就欢喜得好像旧相识,两人拉着手一起登虎丘山,尽情游览名胜。芸娘最爱千顷云的旷远,在那里坐着欣赏了很久。下山回到野芳滨,两艘船挨着停在一起,我们开席畅饮,十分欢乐。到了解缆回去的时候,芸娘跟我说:"你去陪张先生,留下憨园陪我行么?"我答应了。开船一直回到都亭桥,才叫憨园过了船,彼此告别。回到家已经是三更了。

芸娘说:"今天总算见到又有美貌又有风韵的了,刚才已经约了憨园明天来找我玩,我要替你谋划谋划。"

我大惊:"纳这样的女子为妾,要家有金屋,才能藏得住,我这个穷措大,怎么敢有这种妄想?而且我们俩正是伉俪情深,何必再弄个外人来?"

芸娘笑道:"我自己喜欢她,你就等着吧。"

第二天中午,憨园果然来了。芸娘殷勤款待她,酒席中行的酒令是猜枚,赢了吟诗,输了喝酒,整席也没一句要兜揽的话。等到憨园回去后,芸娘说:"刚刚又和她秘密约好了,十八日来这边我们拜姊妹,你最好准备好三牲等着。"她笑着指手上的翡翠镯说:"如果见到这个镯子归了憨园,事情必然成了。刚刚对她说了纳妾的意思,还没深谈心。"我也就这么一听。

十八日下大雨,憨园竟然冒着雨来了。进了室内好一会儿,才和芸娘拉着手出来,见到我羞答答的,原来翡翠镯已经在憨园胳膊上了。焚香拜了姊妹后,本来要继续入席,恰好憨园已被人约去游石湖,就告辞走了。芸娘高高兴兴对我说:"美人已得了,您拿什么谢媒人呢?"

我问详情,芸娘说:"刚才私下说话,我怕憨园心里另外有喜欢的人,结果问了没有。我和她说:'妹妹明白姐姐今天的意思吗?'憨园说:'夫人抬举我,我能跟着夫人,就好比蓬蒿倚玉树。但我母亲对我指望太高,只怕我难以自主。希望这件事能慢慢来。'我脱下手镯给她套上的时候,又跟她说:'玉有坚贞之德,手镯有个团圆不断的意思,妹妹且试着戴了去,取个好兆头。'憨园说:'能不能聚合,全凭夫人了。'这么看来,憨园已经心许,所难的是温冷香那边,当再慢慢商量罢。"我笑道:"你要学李笠翁的《怜香伴》吗?"芸娘说:"是呀。"

从此我们没一天不谈憨园的。后来憨园被有权有势的人抢去了,这事儿就这么黄了。后来陈芸却因此事而死。

卷 二

闲情记趣

余忆童稚时,能张目对日,明察秋毫;见藐小微物,必细察其纹理,故时有物外之趣。

夏蚊成雷①,私拟作群鹤舞空②。心之所向,则或千或百,果然鹤也。昂首观之,项为之强③。又留蚊于素帐中,徐喷以烟,使其冲烟飞鸣,作青云白鹤观,果如鹤唳云端,怡然称快。

于土墙凹凸处、花台小草丛杂处,常蹲其身,使与台齐,定神细视,以丛草为林,以虫蚁为兽,以土砾凸者为丘,凹者为壑,神游其中,怡然自得。

一日,见二虫斗草间,观之正浓,忽有庞然大物拔山倒树而来,盖一癞蛤蟆也,舌一吐而二虫尽为所吞。余年幼,方出神,不觉呀然惊恐。神定,捉蛤蟆,鞭数十,驱之别院。年长思之,二虫之斗,盖图奸不从也④。

① 成雷:形容蚊子极多,发声很大。
② 拟:比作。这里做想象解。
③ 项为之强:脖子发僵。项,脖子。强,僵硬。
④ 图奸:此指虫子想强行交配。

古语云"奸近杀",虫亦然耶?贪此生涯,卵为蚯蚓所哈(吴俗呼阳曰卵)①,肿不能便,捉鸭开口哈之,婢妪偶释手,鸭颠其颈作吞噬状,惊而大哭,传为话柄。此皆幼时闲情也。

及长,爱花成癖,喜剪盆树。识张兰坡②,始精剪枝养节之法,继悟接花叠石之法。花以兰为最,取其幽香韵致也,而瓣品之稍堪入谱者不可多得③。兰坡临终时,赠余荷瓣素心春兰一盆,皆肩平心阔,茎细瓣净,可以入谱者,余珍如拱璧④。值余幕游于外,芸能亲为灌溉,花叶颇茂。不二年,一旦忽萎死,起根视之,皆白如玉,且兰芽勃然;初不可解,以为无福消受,浩叹而已;事后始悉有人欲分不允,故用滚汤灌杀也⑤。从此誓不植兰。

次取杜鹃,虽无香而色可久玩,且易剪裁。以芸惜枝怜叶,不忍畅剪,故难成树。其他盆玩皆然⑥。

① 哈:哈气。因小孩子穿开裆裤,久蹲在地,裆部外露,且离地较近,易为蚊虫侵袭。此言为蚯蚓哈气致疾,当系传闻之误。因为蚯蚓本无毒。
② 张兰坡:扬州人。为阮元姻佐,曾长期从其游。
③ 瓣品:花瓣造型与品相。谱:指著录各种珍贵品种的兰花谱。
④ 拱璧:大玉璧。这里代指珍贵的宝贝。
⑤ 滚汤:滚开的水。汤,开水。
⑥ 盆玩:盆景。

惟每年篱东菊绽,秋兴成癖。喜摘插瓶,不爱盆玩。非盆玩不足观,以家无园圃,不能自植,货于市者,俱丛杂无致①,故不取耳。

其插花朵,数宜单,不宜双。每瓶取一种,不取二色。瓶口取阔大,不取窄小,阔大者舒展不拘。自五七花至三四十花,必于瓶口中一丛怒起,以不散漫、不挤轧、不靠瓶口为妙,所谓"起把宜紧"也。或亭亭玉立,或飞舞横斜。花取参差,间以花蕊,以免飞钹耍盘之病②。叶取不乱,梗取不强③,用针宜藏,针长宁断之,毋令针针露梗,所谓"瓶口宜清"也。视桌之大小,一桌三瓶至七瓶而止,多则眉目不分,即同市井之菊屏矣。几之高低,自三四寸至二尺五六寸而止,必须参差高下,互相照应,以气势联络为上。若中高两低,后高前低,成排对列,又犯俗所谓"锦灰堆"矣。或密或疏,或进或出,全在会心者,得画意乃可。

若盆碗盘洗④,用漂青松香榆皮面和油,先熬以稻

---

① 致:韵味。
② 飞钹耍盘:指因花朵向背无变化,高低杂乱无章法。像铙钹或盘子在上下翻飞一样。钹,铙钹,与盘皆比喻花朵。
③ 强:僵直。
④ 洗:笔洗。一般为瓷制,形似水盆,口略收,写字画画时用以清洗毛笔。

灰,收成胶,以铜片按钉向上,将膏火化,粘铜片于盘碗盆洗中。俟冷,将花用铁丝扎把,插于钉上,宜偏斜取势,不可居中,更宜枝疏叶清,不可拥挤。然后加水,用碗沙少许掩铜片,使观者疑丛花生于碗底方妙。

若以木本花果插瓶,剪裁之法(不能色色自觅,倩人攀折者每不合意),必先执在手中,横斜以观其势,反侧以取其态;相定之后,剪去杂枝,以疏瘦古怪为佳。再思其梗如何入瓶,或折或曲,插入瓶口,方免背叶侧花之患。若一枝到手,先拘定其梗之直者插瓶中,势必枝乱梗强,花侧叶背,既难取态,更无韵致矣。

折梗打曲之法,锯其梗之半而嵌以砖石,则直者曲矣;如患梗倒,敲一二钉以管之①。即枫叶竹枝,乱草荆棘,均堪入选。或绿竹一竿配以枸杞数粒,几茎细草伴以荆棘两枝,苟位置得宜,另有世外之趣。若新栽花木,不妨歪斜取势,听其叶侧,一年后枝叶自能向上,如树树直栽,即难取势矣。

至剪裁盆树,先取根露鸡爪者,左右剪成三节,然后起枝。一枝一节,七枝到顶,或九枝到顶。枝忌对节如肩臂,节忌臃肿如鹤膝。须盘旋出枝,不可光留左

① 管:约束,捆绑。

右,以避赤胸露背之病,又不可前后直出。有名双起三起者,一根而起两三树也。如根无爪形,便成插树,故不取。

然一树剪成,至少得三四十年。余生平仅见吾乡万翁名彩章者,一生剪成数树。又在扬州商家见有虞山游客携送黄杨、翠柏各一盆,惜乎明珠暗投,余未见其可也。若留枝盘如宝塔,扎枝曲如蚯蚓者,便成匠气矣。

点缀盆中花石,小景可以入画,大景可以入神。一瓯清茗,神能趋入其中,方可供幽斋之玩。

种水仙无灵璧石①,余尝以炭之有石意者代之。黄芽菜心其白如玉,取大小五七枝,用沙土植长方盘内,以炭代石,黑白分明,颇有意思。以此类推,幽趣无穷,难以枚举。如石菖蒲结子②,用冷米汤同嚼,喷炭上,置阴湿地,能长细菖蒲,随意移养盆碗中,茸茸可爱。以老莲子磨薄两头,入蛋壳,使鸡翼之,俟雏成取出;用久年燕巢泥加天门冬十分之二③,捣烂拌匀,植

---

① 灵璧石:安徽灵璧县所产的一种石头,石质细润,多为黑色,叩之有声,古代曾用其制作石磬,故又称磬石、八音石。历来是供石的首选之材。
② 石菖蒲:草名,叶细长。
③ 天门冬:百合科植物,块根,可入药。

于小器中,灌以河水,晒以朝阳,花发大如酒杯,叶缩如碗口,亭亭可爱。

若夫园亭楼阁,套室回廊,叠石成山,栽花取势,又在大中见小,小中见大,虚中有实,实中有虚,或藏或露,或浅或深。不仅在"周回曲折"四字,又不在地广石多,徒烦工费。或掘地堆土成山,间以块石,杂以花草,篱用梅编,墙以藤引,则无山而成山矣。大中见小者,散漫处植易长之竹,编易茂之梅以屏之;小中见大者,窄院之墙宜凹凸其形,饰以绿色,引以藤蔓,嵌大石,凿字作碑记形,推窗如临石壁,便觉峻峭无穷;虚中有实者,或山穷水尽处,一折而豁然开朗,或轩阁设厨处,一开而通别院;实中有虚者,开门于不通之院,映以竹石,如有实无也。设矮栏干墙头,如上有月台,而实虚也。

贫士屋少人多,当仿吾乡太平船后梢之位置,再加转移其间。台级为床,前后借凑,可作三榻,间以板而褙以纸,则前后上下皆越绝①,譬之如行长路,即不觉其窄矣。

余夫妇侨寓扬州时,曾仿此法,屋仅两椽②,上下

---

① 越绝:隔绝。
② 椽:房子的间数。

卧室、厨灶、客座皆越绝,而绰然有余。芸曾笑曰:"位置虽精,终非富贵家气象也。"是诚然欤?

余扫墓山中,检有峦纹可观之石,归与芸商曰:"用油灰叠宣州石于白石盆,取色匀也。本山黄石虽古朴,亦用油灰,则黄白相间,凿痕毕露,将奈何?"芸曰:"择石之顽劣者,捣末于灰痕处,乘湿糁之①,干或色同也。"

乃如其言,用宜兴窑长方盆叠起一峰②,偏于左而凸于右,背作横方纹,如云林石法③,巉岩凹凸,若临江石矶状。虚一角,用河泥种千瓣白萍。石上植茑萝,俗呼云松。经营数日乃成。至深秋,茑萝蔓延满山,如藤萝之悬石壁,花开正红色,白萍亦透水大放④,红白相间。神游其中,如登蓬岛。置之檐下,与芸品题:此处宜设水阁,此处宜立茅亭,此处宜凿六字曰"落花流水之间",此可以居,此可以钓,此可以眺。胸中丘壑,若将移居者然。一夕,猫奴争食,自檐而堕,连盆与架顷

① 糁(sǎn):混合。
② 宜兴窑长方盆:指江苏宜兴所烧造的紫砂方盆。
③ 云林:元代画家倪瓒的号。倪瓒为江苏无锡人,工画枯笔山水,山石喜用折带皴法。
④ 放:开。

刻碎之。余叹曰："即此小经营，尚干造物忌耶！"①两人不禁泪落。

静室焚香，闲中雅趣。芸尝以沉速等香，于饭镬蒸透②，在炉上设一铜丝架，离火半寸许，徐徐烘之，其香幽韵而无烟。佛手忌醉鼻嗅，嗅则易烂；木瓜忌出汗，汗出，用水洗之；惟香圆无忌③。佛手、木瓜亦有供法，不能笔宣。每有人将供妥者随手取嗅，随手置之，即不知供法者也。

余闲居，案头瓶花不绝。芸曰："子之插花能备风晴雨露，可谓精妙入神。而画中有草虫一法，盍仿而效之。"余曰："虫踯躅不受制④，焉能仿效？"芸曰："有一法，恐作俑罪过耳。"余曰："试言之。"曰："虫死色不变，觅螳螂、蝉、蝶之属，以针刺死，用细丝扣虫项系花草间，整其足，或抱梗，或踏叶，宛然如生，不亦善乎？"余喜，如其法行之，见者无不称绝。求之闺中，今恐未必有此会心者矣。

余与芸寄居锡山华氏⑤，时华夫人以两女从芸识

① 干：犯。
② 镬(huò)：无足的锅。
③ 香圆：即香橼。一种常绿小乔木或大灌木，果实长圆形，黄色，供观赏。
④ 制：约束。
⑤ 锡山：山名，在无锡。后因以锡山代指无锡。

字。乡居院旷,夏日逼人,芸教其家作活花屏法,甚妙。每屏一扇,用木梢二枝,约长四五寸,作矮条凳式,虚其中,横四挡,宽一尺许,四角凿圆眼,插竹编方眼,屏约高六七尺,用砂盆种扁豆置屏中,盘延屏上,两人可移动。多编数屏,随意遮拦,恍如绿阴满窗,透风蔽日,纡回曲折,随时可更,故曰活花屏。有此一法,即一切藤本香草,随地可用。此真乡居之良法也。

友人鲁半舫名璋,字春山,善写松柏及梅菊,工隶书,兼工铁笔①。余寄居其家之萧爽楼一年有半。楼共五椽,东向,余居其三。晦明风雨,可以远眺。庭中有木犀一株②,清香撩人。有廊有厢③,地极幽静。

移居时,有一仆一妪,并挈其小女来。仆能成衣,妪能纺绩,于是芸绣,妪绩,仆则成衣,以供薪水。余素爱客,小酌必行令。芸善不费之烹庖④,瓜蔬鱼虾,一经芸手,便有意外味。

同人知余贫,每出杖头钱⑤,作竟日叙。余又好

① 铁笔:刻刀的别称。此指刻图章。
② 木犀:又作木樨,即桂花。
③ 廊:通"郭",本指城墙,这里指外墙。厢:厢房。
④ 不费:花费不高。
⑤ 杖头钱:指酒钱。晋代阮修好饮酒,常以百钱挂于杖头,至酒店则酣饮。

洁,地无纤尘,且无拘束,不嫌放纵。

时有杨补凡,名昌绪,善人物写真;袁少迂,名沛,工山水;王星澜,名岩,工花卉翎毛,爱萧爽楼幽雅,皆携画具来。余则从之学画,写草篆,镌图章,加以润笔,交芸备茶酒供客,终日品诗论画而已。

更有夏淡安、揖山两昆季①,并缪山音、知白两昆季,及蒋韵香、陆橘香、周啸霞、郭小愚、华杏帆、张闲酣诸君子,如梁上之燕,自去自来。芸则拔钗沽酒②,不动声色,良辰美景,不放轻过。今则天各一方,风流云散,兼之玉碎香埋③,不堪回首矣!

萧爽楼有四忌:谈官宦升迁、公廨时事、八股时文、看牌掷色,有犯必罚酒五斤。有四取:慷慨豪爽、风流蕴藉、落拓不羁、澄静缄默。

长夏无事,考对为会④。每会八人,每人各携青蚨二百⑤,先拈阄,得第一者为主考,关防别座⑥。第二者为誊录,亦就座。余作举子,各于誊录处取纸一条,盖

---

① 昆季:兄弟。长为昆,幼为季。
② 拔钗沽酒:卖掉头上的首饰来买酒。
③ 玉碎香埋:比喻陈芸后来去世。
④ 对:对联。
⑤ 青蚨(fú):钱的别称。
⑥ 关防:本指临时性质的官员所用的印信。这里指临时性的主考。别座:另设一座。

用印章。主考出五七言各一句,刻香为限①,行立构思,不准交头私语,对就后投入一匣,方许就座。各人交卷毕,誊录启匣,并录一册,转呈主考,以杜徇私。十六对中取七言三联,五言三联。六联中取第一者即为后任主考,第二者为誊录。每人有两联不取者罚钱二十文,取一联者免罚十文,过限者倍罚。一场,主考得香钱百文。一日可十场,积钱千文,酒资大畅矣。惟芸议为官卷②,准坐而构思。

杨补凡为余夫妇写载花小影③,神情确肖。是夜月色颇佳,兰影上粉墙,别有幽致,星澜醉后兴发曰:"补凡能为君写真④,我能为花图影。"余笑曰:"花影能如人影否?"星澜取素纸铺于墙,即就兰影用墨浓淡图之。日间取视,虽不成画,而花叶萧疏,自有月下之趣。芸甚宝之,各有题咏。

苏城有南园、北园二处,菜花黄时,苦无酒家小饮。携盒而往⑤,对花冷饮,殊无意味。或议就近觅饮者,

---

① 刻香为限:在香烛上标以刻度,香烛燃到该处,即为最后交卷期限。
② 官卷:清代科举规定,高级官员的子弟参加乡试叫官生,其考试的试卷叫官卷。官卷另编字号,官生不占录取名额。因为陈芸情况特殊,大家允许其参与活动,但不算正式成员,故戏称其卷为官卷。
③ 小影:指画像。
④ 写真:画肖像。
⑤ 盒:食盒。装盛食物的木盒,可担可提,一般为外出野餐或送礼时用。

或议看花归饮者,终不如对花热饮为快。众议未定,芸笑曰:"明日但各出杖头钱,我自担炉火来。"众笑曰:"诺。"

众去,余问曰:"卿果自往乎?"芸曰:"非也,妾见市中卖馄饨者,其担锅、灶无不备,盍雇之而往?妾先烹调端整,到彼处再一下锅,茶酒两便。"余曰:"酒菜固便矣,茶乏烹具。"芸曰:"携一砂罐去,以铁叉串罐柄,去其锅,悬于行灶中,加柴火煎茶,不亦便乎?"余鼓掌称善。街头有鲍姓者,卖馄饨为业,以百钱雇其担,约以明日午后,鲍欣然允议。

明日,看花者至,余告以故,众咸叹服。饭后同往,并带席垫。至南园,择柳阴下团坐。先烹茗,饮毕,然后暖酒烹肴。是时,风和日丽,遍地黄金①,青衫红袖,越阡度陌,蝶蜂乱飞,令人不饮自醉。既而酒肴俱熟,坐地大嚼,担者颇不俗,拉与同饮。游人见之莫不羡为奇想。杯盘狼藉,各已陶然,或坐或卧,或歌或啸。红日将颓,余思粥,担者即为买米煮之,果腹而归。芸问曰:"今日之游乐乎?"众曰:"非夫人之力不及此。"大笑而散。

① 黄金:比喻金黄色的菜花。

贫士起居服食以及器皿房舍,宜省俭而雅洁,省俭之法曰"就事论事"。余爱小饮,不喜多菜。芸为置一梅花盒:用二寸白磁深碟六只,中置一只,外置五只,用灰漆就,其形如梅花,底盖均起凹楞,盖之上有柄如花蒂。置之案头,如一朵墨梅覆桌;启盏视之,如菜装于花瓣中。一盒六色,二三知己可以随意取食,食完再添。另做矮边圆盘一只,以便放杯箸酒壶之类,随处可摆,移掇亦便。即食物省俭之一端也。

余之小帽领袜皆芸自做,衣之破者移东补西,必整必洁,色取暗淡,以免垢迹,既可出客,又可家常。此又服饰省俭之一端也。

初至萧爽楼中,嫌其暗,以白纸糊壁,遂亮。夏月楼下去窗,无阑干,觉空洞无遮拦。芸曰:"有旧竹帘在,何不以帘代栏?"余曰:"如何?"芸曰:"用竹数根,黝黑色,一竖一横,留出走路,截半帘搭在横竹上,垂至地,高与桌齐,中竖短竹四根,用麻线扎定,然后于横竹搭帘处,寻旧黑布条,连横竹裹缝之。既可遮拦饰观,又不费钱。"此"就事论事"之一法也。以此推之,古人所谓竹头木屑皆有用,良有以也。

夏月荷花初开时,晚含而晓放。芸用小纱囊撮茶叶少许,置花心,明早取出,烹天泉水泡之,香韵尤绝。

今译　我记得小的时候,能对着太阳睁开眼,眼神特别好,真是明察秋毫。见到细小的东西,一定会细细去看它的纹理,所以常得到额外的趣味。

夏天蚊子成群,嗡嗡如雷鸣,我把它们想做群鹤在空中飞舞,心里这么一想,果然成千成百的都成了鹤。昂着头一直看,直到脖子僵硬。又把蚊子关在帐子里,向它们缓缓喷烟,让它们在烟雾中飞动嗡鸣,假装是白鹤翱翔于青云之中,果然就像仙鹤唳于云端,教我欢喜。

我常常在凹凸不平的土墙下,在花坛里丛生野草的地方,蹲下身子,和花坛齐平,然后凝神细看,把草丛看做树林,虫蚁看做野兽,土坷垃里凸起的看成山丘,凹下的看成沟壑,神游其中,悠悠然自得其乐。

一天,看到两只虫子在草丛中相斗,正看得起劲,忽然有个庞然大物,拔山倒树,汹汹而来,原来是只癞蛤蟆。蛤蟆舌头一伸,两只虫子都被吞了。小小的我正看得出神,不觉吓了一跳,定定神,抓住蛤蟆,鞭挞了几十下,把它放逐到别的院子里去了。

长大了之后回想,两只虫子的相斗,是因为图奸不成。古话说"奸近杀",虫子也是这样吗?

我经常在草丛中玩耍,阳物被蚯蚓哈了,肿到不能小便。家人捉了鸭子来开口哈我的阳物,婆子偶然一松手,鸭子就伸着脖子一副要吞食的样子,我吓得大哭,被人传成了话柄嘲笑。以上都是幼小时的闲趣。

等到长大,我爱花成癖,喜欢修剪盆景。认识了张兰坡之后,才精通剪枝养树的办法,接着又晓悟了嫁接花木、堆叠假山盆景的方法。兰花为花中第一,因为它香气幽雅而有韵致,但是兰花中论花瓣的品级,能入兰花谱的很难得。兰坡临终的时候,送给我一盆荷花瓣的素心春兰,花朵外瓣平整,内瓣阔大,花茎纤细而瓣色匀净,是可以入兰花谱的名品,我对它爱惜如拱璧。当我正在外地做幕僚时,陈芸亲手为它灌溉,养得花叶繁茂。没两年,忽然一下枯死了,挖出根一看,都洁白如玉,而且有茁壮的苗芽。开始不明白怎么回事,以为是无福消受,只叹息罢了,后来才知道有人想分栽而没被答应,就用开水灌烫死了它。从此之后,我们发誓再也不养兰花。

养花第二要数杜鹃,虽然没有香气,但颜色美好,开花时间长,而且容易剪裁。因为陈芸怜惜枝叶,修剪时不忍心大动干戈,所以难以培育成树。养其他盆景也都是这样。

只有每年菊花开的时候,兴致不减,年年成了规矩。我喜欢以菊花插瓶,不喜欢盆菊。不是因为盆菊不好看,而是因为家里没有花圃,不能自己种,而市场上买来的盆菊,都乱七八糟,所以不喜欢。

插瓶的花朵数量,宜单数而不宜双数。每瓶只用一种花,不用第二种。瓶口以阔大为佳,不能窄小,阔大了才能让花枝舒展不拘束。插花的数量从五朵七朵一直到三四十朵,都得在瓶中心位置安排一处突出的花,以不散漫、不拥挤、不靠着瓶口才算布置得好。所谓"起把宜紧"就是指这个。花束的姿态或是亭亭玉立,或是飞舞横斜。插花以参差为美,较大的花朵之间以较小的花苞间隔开来,免得看上去像耍盘子玩飞钹一样,一大朵一大朵显得浮夸。叶子要安排得不凌乱,花梗要安排得不僵硬,花针应该藏起来,如果花针太长,宁愿折断它,不能让它从花梗中露出来,这就是所谓的"瓶口宜清"。

按照桌子的大小,一桌摆三瓶起最多到七瓶花,太多则眉毛胡子一把抓,像市井中的菊花屏风了。花几的高低,从三四寸起,最高到二尺五六寸。必须参差高下,互相呼应,以众瓶之间有气脉联系为佳。如果摆成中间高两边低,或是后面高前面低,或是整齐排成两排,就犯了俗称"锦灰堆"的毛病。花瓶的布置,或繁密,或疏朗,或前或后,重点在于布置者胸中须有画意才行。

若是用盆、碗、盘、洗来插花,需要先用漂青黛、松香、榆树皮碾面,加上油来搅和后,放在热稻草灰中慢慢熬化,熬成粘胶收起来。用铜片,上面加上钉子,钉尖向上,把粘胶用火融化,将铜片粘在盆、碗、盘、洗之中。等冷却后,将花用铁丝扎成一束,插在钉子上。所插的位置宜偏斜,不能插在花器正中间。枝叶宜疏朗,不可拥挤。然后容器中加上水,用一点碗沙把铜片盖起来,要让看花的人疑心从碗底生出鲜花来才算妙手。

如果是以木本的花果插瓶,剪裁的办法(的确做不到每样花材都自己亲自寻觅,但请人攀折的花果枝经常不合意),必须先把花枝拿在手中,正反横斜,再三研究花枝的姿态。看定之后,剪去杂枝。修剪的法则,以疏朗瘦硬,有古雅之趣才算好,然后再思量枝干怎么插到瓶中去。或取曲折,或取盘旋,插入瓶口,才能避免花歪了、叶子背面向人这些毛病。如果一拿到花枝,就先选定有笔直长梗的直接插入瓶中,那势必会显得枝叶繁乱,花梗刚硬,花也斜了,叶也反了,既难以营造幽雅姿态,更谈不上什么韵致了。

折梗打曲之法:将花枝的长梗锯掉一半,嵌在砖石之中,那么原本笔直的花枝也会显得曲折了。要是怕花梗不稳倒下,就敲一两个钉子来固定它。就是枫叶、竹枝、乱草、荆棘枝,都可以选来插花。或用一支绿竹配上几粒枸杞,或用几根细草伴以荆棘两枝,只要位置安排得当,都会格外有出尘的雅趣。如果是新栽的花木,不妨故意斜着栽,随它叶子歪着,一年后枝叶自然会向上生长。如果每一株花木都笔直种植,那么要取插花枝条的横斜之势就有点难了。

至于剪裁盆景之道,需先选那树根外露,犹如鸡爪的,从左到右,剪成三层。然后再修剪枝条,树干上每一节留一个主枝,一共七个枝条到顶,或者九个枝条到顶。留枝条绝不能两相对称如同肩膀胳膊,留树节不能使它臃肿成鹤膝之状,而是要让枝条绕着主干盘旋而伸展,不能光留下主干左右两侧的枝条,以避免整个盆景造型"赤胸露背",也不能让枝条前后笔直伸出。有叫"双起""三起"的造型,是从一条根上生出两三棵树。如果树根不是爪子形的,这样便好像把树插在土中,所以我不用此法。

然而要修剪出一树好盆景,至少得三四十年。我这辈子只见过我们苏州有位万姓老者叫彩章的,一生中修剪成数盆好树。又在扬州商人家中见过虞山游客送来的黄杨和翠柏盆景各一盆,可惜是明珠暗投,我没见出那商人欣赏它们。若是将盆景的枝条盘旋成宝塔之状,或是将枝条故意扎缚得弯弯曲曲像蚯蚓,那就是匠气了。

盆中的花石点缀,小型的可以入画,大型的可以神游。端一盏清茶,神游其中,这样的花石盆景,方可供幽斋的玩赏。

种水仙花要是没有灵璧石，我曾经用碎木炭中有点像石头的来替代。黄芽菜的菜心，莹白如玉，大大小小取五七个，用沙土种在长方形的花盘中，用木炭代替石子穿插在其中，黑白分明，很是有趣。照这个办法类推下去，有无穷的幽趣可寻，真是数也数不完。又如在石菖蒲结子时，取其种穗和冷米汤一起嚼，然后喷在木炭上，把木炭放在背阴潮湿的地方，就能长出细细的菖蒲。随意移植在花盆里、碗里，都绿意茸茸，十分可爱。用老莲蓬中莲子，两头磨薄，放在鸡蛋壳里，让孵蛋的母鸡一起去孵。小鸡出壳后把莲子取出，用年深月久的燕窝的泥十份，加上两份的天门冬根，一起捣烂拌匀，就用这个泥把莲子种在小型的器皿中。用河水浇灌，早上拿出去晒太阳，就会开出大如酒杯的荷花来，荷叶还会像碗口一样内敛，亭亭净立，很是可爱。

若说那园林中的亭台楼阁，套室回廊的安排，垒石成假山，栽花木取其姿态，这些安排，需是大中见小，小中见大，虚中有实，实中有虚，或藏或露，或浅或深。光是讲究"周回曲折"四个字是远不够的，也不在于要占地广、垒石多，徒然费工费钱。好的安排设计,或是挖地堆土成假山,上面点缀几块山石,夹杂着种些花草,种梅花成篱笆,牵引藤蔓上墙,这样,没假山也有了假山了。所谓大中见小,就是在开阔的地方,种容易生长的竹子、容易茂密的梅树,弄成隔断,这样把大空间分割开。所谓小中见大,就是如果是狭窄的院子,就把墙修成凹凸起伏,墙根种上各种绿色植物,牵引藤蔓攀援;墙上镶嵌大石头,上面凿上文字,假装是古碑。这样一推窗户,好似对着山壁,很有峻峭之美。所谓虚中有实,就是在看似走到尽头的地方,设计成一拐弯而另外豁然开朗有一片空间。比如在安排小轩、小阁和厨房时,另外开门设置在别院里。所谓实中有虚,可以在院子尽头没路的地方设一扇门,竹子假山石掩映门前,好像有个门却又是假的;或者在墙头装一圈矮栏杆,假装上面有个月台,但其实没有。

　　清贫士人家,屋子小人口多,可以仿效我家乡太平船船舱后半部的结构,再加以改造。以木台阶架起床铺,前后位置挪借拼凑,上下可以做出三张床榻。中间用木板间隔开,白纸裱糊板壁,那么前后上下都能隔出独立空间。把家居想成乘船长途远行,就不觉得狭窄了。

我们夫妻俩借住在扬州的时候,曾仿效这办法。屋子只有两间,而上下两个卧室、厨房灶台、会客之地,都有独立空间,而且绰绰有余。陈芸曾开玩笑说:"虽然设计精巧,到底不是富贵人家的调调儿。"真如此吧?

我在苏州山中扫墓的时候,捡到纹路如山峦的好看石子,回家和陈芸商量说:"平时常用油灰做黏合剂,在白石盆中叠宣州石为假山,上下一白,颜色均匀。本地山里的黄石,风格古朴,也用油灰的话,做出来黄白相间,痕迹太明显,怎么办?"陈芸说:"选不好的石头,捣成末,在有油灰接痕的地方乘湿抹上去,干了之后可能就一个颜色了。"

于是我照着这话,用宜兴紫砂的长方形盆,叠了一座山石盆景:主景靠左,右方有凸起山石,背面叠出横方的石纹,仿佛倪云林画中的山石。巉岩凹凸,如同江边突出的石矶。盆景中一角留空,用河泥种了千瓣白萍。在石头上种了茑萝,俗称云松的。如此安排,几天才做好。到了深秋时,茑萝生了满山,好像石壁上的藤萝。茑萝花是大红色,水中的白萍也怒放，红白相间。神游其中，仿佛到了蓬莱仙境。把这盆景放在屋檐下，和陈芸一起欣赏评点：这里可以盖一个水阁，这里可以建一个茅亭，这里可以石壁上凿六个字"落花流水之间"，这里可以盖屋居住，这里可以垂钓，这里可以远眺。心中想象着山水，好像就要搬进去住一般。一夜，猫儿抢食，从屋檐上掉下来，连盆和架，瞬间全碎。我叹息说："就这么小小的一个精心经营之物，也被造物主嫉妒么？"两个人不禁泪落。

在安静的室内焚香，是闲居生活的雅趣。陈芸曾经用沉香速香等，用饭锅蒸透，在香炉上设一个铜丝架子，离下面的炉火有半寸左右，把香料放在上面慢慢烘。这样做，香气幽静有韵味，又没有烟气。佛手最忌讳喝醉的人去嗅，一嗅就容易烂。木瓜则忌讳果皮渗出水来，如果有这种情况，要用水清洗。只有香橼没什么忌讳。以佛手、木瓜作清供，都有一定的法度，一时也写不完。经常有人把摆好的清供香果随手拿起来嗅香，嗅完了又随手一搁，这就是不懂清供之法。

我日常家居时，一年四季书案头都有插瓶之

花。陈芸说:"你的插花,能得花儿在风晴雨露之时的种种姿态,可以说是精妙入神了。绘画中有一种草虫题材的,何不效仿?"我说:"虫子踢腾管不住,怎好仿效?"陈芸说:"有个办法,只怕后人仿效,成了罪过。"我说:"说说看?"陈芸说:"昆虫死后颜色不改,找螳螂、蝉、蝴蝶这些,用针刺死后,用细丝线扣住虫的颈部,系在花草间。整理它的肢体,或是让它抱着花梗,或是让它踏着叶片,便宛然活着一样,岂不是很好么?"我高高兴兴照着试来,见到的人无不赞为绝妙。今日恐怕闺阁中未必有能于此道会心的了。

我和陈芸寄居在锡山华家,当时华夫人让两个女儿跟着陈芸识字。乡间房子场院大,夏天大太阳晒得很。陈芸教她家做活动花屏,办法很好。每个屏风只一扇,用两根细木条,大约长四五寸,照着矮长凳的样子,中间空着,两根木条之间横四根档,木条之间宽一尺左右。在木条的四个角上凿圆洞,插入竹子,编成方格。这屏风大约有六七尺高,用砂盆种扁豆搁在屏风底部,扁豆藤攀爬在竹格子上。屏风轻巧,两人就可以移动。多做几个活动花屏,随意遮拦,恍惚如满窗绿荫,又透风又能遮太阳,回环曲折,可以随意换位置,所以叫活花屏。有了这个办法,凡是藤本的各种香草之类都可以根据实地情况拿来用,这真是乡居良法。

我的朋友鲁半舫,名璋,字春山,善于画松柏和梅菊,工于隶书,还擅长治印。我在他家的萧爽楼寄居了一年半。楼一共五开间,门向东,我住了其中三间。早晚阴晴,可以远眺。庭院里有一棵桂花树,清香撩人。楼下有回廊,有厢房,地方很是幽静。

搬过来时,这里有男女仆人各一,他们把小女儿也带在这里。男仆能做裁缝,女仆能纺纱织布,于是平时陈芸绣花,女仆纺纱,男仆做裁缝,以供柴米油盐的花销。

我素来爱招待客人,与客小饮一定会行酒令。陈芸擅长不花什么钱的烹饪法,瓜果菜蔬鱼虾之类,一旦经过她的手,味道就意外地好。朋友们知道我穷,常常自出酒钱,来痛痛快快聊一天。我又爱干净,家里地上一丝尘土也无。而且在我家又没什么拘束,不嫌大家酒后放纵。

当时有位杨昌绪，字补凡，擅长人物写真画；有位袁沛，字少迁，擅长山水画；有位王岩，字星澜，长于花卉翎毛，他们都爱萧爽楼的幽雅，常带了画具来这里。我就向他们学习绘画，学写草书篆书，学刻图章。加以润笔，一起交给陈芸，用来准备待客的茶酒。每日不过是大家谈论诗歌，欣赏画作。

更有夏氏兄弟淡安、揖山，和缪氏兄弟山音、知白，及蒋韵香、陆橘香、周啸霞、郭小愚、华杏帆、张闲酣这些朋友，都像那梁上的燕子，来去自在。陈芸不动声色地竭力置办茶酒，不惜典卖首饰。良辰美景，不让虚过。如今大家则天各一方，风流云散。再加上陈芸已过世，真是往事不堪回首呵！可不正是"当日浑闲事，而今尽可怜"么？

萧爽楼里有四条禁令：禁止谈升官、谈官场事、谈八股文、打牌掷骰子。有触犯的，必须罚买五斤酒来。有四种提倡的为人处世之道：慷慨豪爽、风流蕴藉、落拓不羁、澄静缄默。

夏日天长无事，便比赛做对子。每次八个人，每人带二百铜钱，先拈阄，抽到第一的是主考官，为防作弊另外设一个座位；抽到第二的是誊录人，也先坐好。剩下的是参赛的举子,各自从誊录人那边取一张纸条,盖上各自的印章。主考官出五言诗七言诗各一对句,点上线香,以烧到一定长度来限时。构思时或走或站,不准交头接耳私下说话。对子做好后投入一个匣子里,方才能坐下。各人交完卷后,誊录人打开匣子,把所有的对子抄录在一起,转给主考者,以杜绝因笔迹熟悉而徇私。十六个对句中选中三个七言对,三个五言对。六个对句里排第一的,作者就当下一任的主考,排第二的当下一任的誊录。两个对联都没被选中的罚款二十文,只选中一个对联的罚款十文,超时的罚款翻倍。这样下来每一场结束,主考官可以收一百文钱,一天可以举办十场,能聚上一千文钱,足够喝酒的了。只有陈芸大家公议她属于"官卷",可以坐下来慢慢构思。

杨补凡给我们夫妻二人画了手持花枝的肖像,神情逼真。当天夜里,月色很好,兰花的影子映在粉墙上,别有一番幽雅的趣味。王星澜喝醉了酒,兴致大发说:"补凡能为你画肖像,我能为兰花画像。"我笑道:"花影也能像人影一样入画吗?"王星澜拿白纸来铺在墙上，照着兰花影，用浓淡墨临了下来。白天一看，虽然不能称为画，但花叶萧萧疏朗，自有种月色离离的味道。陈芸很爱它，我们都有题咏之作。

苏州城里有南园北园两个地方，菜花金黄时节，我们想去游览，而苦于园子附近没有酒家可以小饮。要是带酒瓶食盒去呢，对着花喝冷酒，也没什么意思。众人讨论起来，有说附近找个酒家的，有说看完花回来再喝酒的，到底不如对着花喝热酒才痛快。众人正商量时，陈芸笑道："明天只要各人带酒钱，我自有办法担炉火来。"大家笑着说："行。"

众人走了之后，我问道："你明天果真自己去啊?"陈芸说："不是啦，我见街上卖馄饨的，那个馄饨担子上锅灶都齐全，何不雇了去？我先把饭菜在家烹饪收拾好，到那边再下锅热一下。要热茶热酒都很方便。"我说："酒和菜固然方便可得了，茶却没家什可煮。"陈芸说："带个砂罐去，用铁叉把罐柄穿起来，把馄饨担上的锅取下来，砂罐悬在灶上，加上柴火就可以煮茶，不是很方便么？"我鼓掌叫好。街上有个姓鲍的人，以卖馄饨为生。我用一百钱雇了他的担子,约好了第二天午后去,姓鲍的欣然答应。

第二天看花的朋友们来到我家,我告诉他们这安排,大家都叹服。饭后一起带了席子垫子到了南园,选了柳树荫底下团团坐下来。先煮茶,喝完了再热酒热菜。这时候,风和日丽,满地金黄,阡陌之间,游人青衫红袖,蜜蜂蝴蝶儿乱飞,让人没喝酒就有了醉意。等到酒菜都好了,大家坐下来大嚼一通。挑馄饨担的也是个妙人,被我们拉过来一起喝酒。其他游客见了,无不羡慕我们的奇思妙想。杯盘狼藉后,个个都喝到陶然,有的坐有的躺,有的唱歌有的吟诗。太阳西斜,我想吃粥,挑馄饨担的就去买了米来煮,个个吃饱了回家。陈芸问:"今天玩得可尽兴么?"大家都说:"不是陈夫人出力,不能有今天这么一乐。"彼此大笑了一场分手了。

清贫士人的起居衣服饮食,以及器皿和房舍,应当节省而又雅致简洁。节省的法则叫做"就事论事"。我喜欢喝点酒,又不喜欢很多菜。陈芸为我准备了一个梅花攒盒:用直径二寸的白瓷深口碟六只,中间搁一只,外圈搁五只。用油灰做成盒子模型,六个碟子镶嵌在里面,外面再加上油漆。这攒盒形状像梅花，盒底盒盖都一楞楞凸起，盒盖上另外加上像花蒂一般的把柄。放在案头，仿佛一朵墨梅花。打开来看时，菜肴好像装在花瓣里，一个盒子里可以装出六种颜色。二三知己好友饮酒时可以随意食用，吃完了再添。另外做一个矮边的圆盘，用来放杯子、筷子和酒壶这些器具，随处可摆放，移动收拾起来也方便。这就是在饮食上节省的一个例子。

我的小帽、衣领和袜子，都是陈芸自己做的。破掉的衣服，互相移补，但干净整洁是必需的。衣物常选暗淡的深色，以免显脏。这样的衣服既可以出门拜客，又可以在家穿着。这也是服饰上节省的一个例子。

初入住萧爽楼的时候，我们嫌室内昏暗，用白纸糊墙，便明亮了。夏季楼下的房间卸了隔扇，因为没有栏杆，觉得空空荡荡无遮无挡。陈芸说："有旧竹帘，何不以竹帘代替栏杆？"我说："怎么弄？"陈芸说："用几根竹子，油漆成黝黑色，一横一竖搭起来，中间留出走路的空间，裁半截帘子搭在横竹之上，垂到地面，横竹的高度和桌子比齐。垂下来的帘子中间用四根短竹子,竖着用麻线绑牢固定。然后在横竹子上用些找来的旧黑布条,横竹子裹在里面一起缝好。这样既可以有所遮挡,又可作为装饰,而且也不花什么钱。"这就是"就事论事"法的一个事例。以此类推,古人所说的竹头木屑都有用,果真是这样。

夏季荷花初开放的时候,晚上含苞清晓开放。陈芸用小纱囊装一小撮茶叶,放在荷花蕊中,第二天早上取出,煮雨水泡茶,香气清韵至极。

卷 三

坎坷记愁

人生坎坷,何为乎来哉?往往皆自作孽耳。余则非也,多情重诺,爽直不羁,转因之为累。况吾父稼夫公,慷慨豪侠,急人之难、成人之事、嫁人之女、抚人之儿,指不胜屈,挥金如土,多为他人。余夫妇居家,偶有需用,不免典质。始则移东补西,继则左支右绌。谚云:"处家人情,非钱不行。"先起小人之议,渐招同室之讥。"女子无才便是德",真千古至言也!

余虽居长而行三,故上下呼芸为"三娘"。后忽呼为"三太太",始而戏呼,继成习惯,甚至尊卑长幼,皆以"三太太"呼之,此家庭之变机欤?

乾隆乙巳①,随侍吾父于海宁官舍。芸于吾家书中附寄小函,吾父曰:"媳妇既能笔墨,汝母家信付彼司之②。"后家庭偶有闲言,吾母疑其述事不当,仍不令代笔。吾父见信非芸手笔,询余曰:"汝妇病耶?"余即

---

① 乾隆乙巳:公元1785年。
② 司:负责。

作札问之,亦不答。久之,吾父怒曰:"想汝妇不屑代笔耳!"迨余归,探知委曲,欲为婉剖①,芸急止之曰:"宁受责于翁②,勿失欢于姑也③。"竟不自白。

庚戌之春④,予又随侍吾父于邗江幕中。有同事俞孚亭者,挈眷居焉⑤。吾父谓孚亭曰:"一生辛苦,常在客中,欲觅一起居服役之人而不可得。儿辈果能仰体亲意⑥,当于家乡觅一人来,庶语音相合⑦。"孚亭转述于余,密札致芸,倩媒物色,得姚氏女。芸以成否未定,未即禀知吾母。其来也,托言邻女之嬉游者。及吾父命余接取至署,芸又听旁人意见,托言吾父素所合意者。吾母见之曰:"此邻女之嬉游者也,何娶之乎?"芸遂并失爱于姑矣。

壬子春,余馆真州。吾父病于邗江,余往省,亦病焉。余弟启堂时亦随侍。芸来书曰:"启堂弟曾向邻妇借贷,倩芸作保,现追索甚急。"余询启堂,启堂转以

---

① 婉剖:委婉地解释清楚。剖,剖白,说明原委。
② 翁:公公。
③ 姑:婆婆。
④ 庚戌:公元 1790 年。
⑤ 挈眷:携带家眷。
⑥ 体:体察,体量。
⑦ 庶:庶几。差不多。

嫂氏为多事。余遂批纸尾曰:"父子皆病,无钱可偿,俟启弟归时,自行打算可也。"

未几,病皆愈,余仍往真州。芸覆书来,吾父拆视之,中述启弟邻项事,且云:"令堂以老人之病,皆由姚姬而起。翁病稍痊,宜密嘱姚托言思家,妾当令其家父母到扬接取。实彼此卸责之计也。"

吾父见书,怒甚,询启堂以邻项事,答言不知。遂札饬余曰①:"汝妇背夫借债,谗谤小叔②,且称姑曰令堂,翁曰老人,悖谬之甚③!我已专人持札回苏斥逐④,汝若稍有人心,亦当知过!"余接此札,如闻青天霹雳,即肃书认罪⑤,觅骑遄归⑥,恐芸之短见也⑦。到家述其本末,而家人乃持逐书至,历斥多过,言甚决绝。

芸泣曰:"妾固不合妄言⑧,但阿翁当恕妇女无知耳。"越数日,吾父又有手谕至,曰:"我不为已甚⑨,汝

① 饬:命令。
② 谗:进谗言。谤:诋毁,诽谤。
③ 悖谬:背理荒唐。
④ 斥逐:驱赶。这里指休弃。
⑤ 肃书:恭敬地回信。
⑥ 遄(chuán):急速。
⑦ 短见:自寻短见。因想不开而自尽。
⑧ 不合:不该。妄言:乱说话。
⑨ 不为已甚:不把事情做绝。

携妇别居,勿使我见,免我生气足矣。"乃寄芸于外家。而芸以母亡弟出,不愿往依族中。幸友人鲁半舫闻而怜之,招余夫妇往居其家萧爽楼。

越两载,吾父渐知始末,适余自岭南归,吾父自至萧爽楼,谓芸曰:"前事我已尽知,汝盍归乎?"余夫妇欣然,仍归故宅,骨肉重圆。岂料又有憨园之孽障耶①!

芸素有血疾,以其弟克昌出亡不返,母金氏复念子病没,悲伤过甚所致。自识憨园,年余未发,余方幸其得良药。而憨为有力者夺去,以千金作聘,且许养其母。佳人已属沙吒利矣②! 余知之而未敢言也。

及芸往探始知之,归而呜咽,谓余曰:"初不料憨之薄情乃尔也!"余曰:"卿自情痴耳,此中人何情之有哉? 况锦衣玉食者,未必能安于荆钗布裙也③,与其后悔,莫若无成。"因抚慰之再三。而芸终以受愚为恨,血疾大发,床席支离④,刀圭无效⑤,时发时止,骨瘦形

---

① 孽障:即业障,佛家语。指前生的过错造成今生的阻障。
② 佳人已属沙吒利:指意中人为权贵夺取。"吒"亦写作"咤"。据唐许尧佐《柳氏传》云,唐韩翊有美姬柳氏,为蕃将沙咤利所劫,后虞候许俊到沙咤利府中,复为韩翊夺归。
③ 荆钗布裙:以荆为钗,以布为裙。为贫寒人家女子的装束。
④ 支离:憔悴,衰弱。
⑤ 刀圭:指药物。

销。不数年而逋负日增①,物议日起②。老亲又以盟妓一端,憎恶日甚。余则调停中立,已非生人之境矣。

芸生一女名青君,时年十四,颇知书,且极贤能,质钗典服③,幸赖辛劳。子名逢森,时年十二,从师读书。

余连年无馆④,设一书画铺于家门之内,三日所进,不敷一日所出,焦劳困苦,竭蹶时形⑤。隆冬无裘,挺身而过;青君亦衣单股栗,犹强曰"不寒"。因是芸誓不医药。偶能起床,适余有友人周春煦自福郡王幕中归,倩人绣《心经》一部,芸念绣经可以消灾降福,且利其绣价之丰,竟绣焉。而春煦行色匆匆,不能久待,十日告成。弱者骤劳,致增腰酸头晕之疾。岂知命薄者,佛亦不能发慈悲也!绣经之后,芸病转增,唤水索汤,上下厌之。

有西人赁屋于余画铺之左,放利债为业,时倩余作画,因识之。友人某向渠借五十金,乞余作保。余以情有难却,允焉,而某竟挟资远遁。西人惟保是问,时来

① 逋负:本指拖欠的赋税,此指欠债。
② 物议:众人的议论。
③ 质钗典服:典当衣服和首饰。质,抵押。
④ 馆:旧时的私塾。
⑤ 竭蹶:困顿、挫折。时形:时常发生。

饶舌。初以笔墨为抵,渐至无物可偿。岁底吾父家居,西人索债,咆哮于门。吾父闻之,召余诃责曰:"我辈衣冠之家,何得负此小人之债!"

正剖诉间,适芸有自幼同盟姊锡山华氏,知其病,遣人问讯。堂上误以为憨园之使,因愈怒曰:"汝妇不守闺训,结盟娼妓;汝亦不思习上,滥伍小人①。若置汝死地,情有不忍。姑宽三日限,速自为计,迟必首汝逆矣②!"

芸闻而泣曰:"亲怒如此,皆我罪孽。妾死君行,君必不忍;妾留君去,君必不舍。姑密唤华家人来,我强起问之。"

因令青君扶至房外,呼华使问曰:"汝主母特遣来耶?抑便道来耶?"曰:"主母久闻夫人卧病,本欲亲来探望,因从未登门,不敢造次。临行嘱咐:'倘夫人不嫌乡居简亵,不妨到乡调养,践幼时灯下之言。'"盖芸与同绣日③,曾有疾病相扶之誓也。因嘱之曰:"烦汝速归,禀知主母,于两日后放舟密来。"

其人既退,谓余曰:"华家盟姊情逾骨肉,君若肯

---

① 伍小人:与小人为伍。
② 首:向官府告发。逆:指忤逆父母之罪。
③ 同绣日:一同待字闺中时。绣,旧时指女子的绣房。

至其家,不妨同行,但儿女携之同往既不便,留之累亲又不可,必于两日内安顿之。"

时余有表兄王荩臣一子名韫石,愿得青君为媳妇。芸曰:"闻王郎懦弱无能,不过守成之子,而王又无成可守。幸诗礼之家,且又独子,许之可也。"余谓荩臣曰:"吾父与君有渭阳之谊①,欲媳青君,谅无不允。但待长而嫁,势所不能。余夫妇往锡山后,君即禀知堂上,先为童媳,何如?"荩臣喜曰:"谨如命。"逢森亦托友人夏揖山转荐学贸易。

安顿已定,华舟适至,时庚申之腊二十五日也②。芸曰:"孑然出门,不惟招邻里笑,且西人之项无著,恐亦不放,必于明日五鼓悄然而去。"余曰:"卿病中能冒晓寒耶?"芸曰:"死生有命,无多虑也。"密禀吾父,亦以为然。

是夜,先将半肩行李挑下船,令逢森先卧,青君泣于母侧。芸嘱曰:"汝母命苦,兼亦情痴,故遭此颠沛,幸汝父待我厚,此去可无他虑。两三年内,必当布置重圆。汝至汝家,须尽妇道,勿似汝母。汝之翁姑以得汝

---

① 渭阳之谊:指舅甥关系。典出《诗经·秦风·渭阳》:"我送舅氏,曰至渭阳。"

② 庚申:指嘉庆五年,公元1800年。

为幸，必善视汝①。所留箱笼什物，尽付汝带去。汝弟年幼，故未令知，临行时托言就医，数日即归。俟我去远，告知其故，禀闻祖父可也。"旁有旧妪，即前卷中曾赁其家消暑者，愿送至乡，故是时陪侍在侧，拭泪不已。将交五鼓，暖粥共啜之。芸强颜笑曰："昔一粥而聚，今一粥而散，若作传奇，可名《吃粥记》矣。"逢森闻声亦起，呻曰："母何为？"芸曰："将出门就医耳。"逢森曰："起何早？"曰："路远耳。汝与姊相安在家，毋讨祖母嫌。我与汝父同往，数日即归。"

鸡声三唱，芸含泪扶妪，启后门将出，逢森忽大哭曰："噫，我母不归矣！"青君恐惊人，急掩其口而慰之。当是时，余两人寸肠已断，不能复作一语，但止以"勿哭"而已！青君闭门后，芸出巷十数步，已疲不能行，使妪提灯，余背负之而行。将至舟次，几为逻者所执，幸老妪认芸为病女，余为婿，且得舟子皆华氏工人，闻声接应，相扶下船。解维后，芸始放声痛哭。是行也，其母子已成永诀矣！

华名大成，居无锡之东高山，面山而居，躬耕为业，人极朴诚，其妻夏氏，即芸之盟姊也。是日午未之交，

---

① 善视：善待。视，看待。

始抵其家。华夫人已倚门而待,率两小女至舟,相见甚欢;扶芸登岸,款待殷勤。四邻妇人孺子哄然入室,将芸环视,有相问讯者,有相怜惜者,交头接耳,满室啾啾。芸谓华夫人曰:"今日真如渔父入桃源矣。"华曰:"妹莫笑,乡人少所见,多所怪耳。"自此相安度岁。

至元宵,仅隔两旬而芸渐能起步。是夜观龙灯于打麦场中,神情态度,渐可复元,余乃心安。与之私议曰:"我居此非计,欲他适而短于资,奈何?"芸曰:"妾亦筹之矣。君姊丈范惠来现于靖江盐公堂司会计,十年前曾借君十金,适数不敷,妾典钗凑之,君忆之耶?"余曰:"忘之矣。"芸曰:"闻靖江去此不远,君盍一往?"余如其言。

时天颇暖,织绒袍哔叽短褂,犹觉其热。此辛酉正月十六日也[①]。是夜宿锡山客旅,赁被而卧。晨起趁江阴航船,一路逆风,继以微雨,夜至江阴江口。春寒彻骨,沽酒御寒,囊为之罄。踌躇终夜,拟卸衬衣质钱而渡。

十九日北风更烈,雪势犹浓,不禁惨然泪落,暗计房资渡费,不敢再饮。正心寒股栗间,忽见一老翁,草

[①] 辛酉:清嘉庆六年,即公元1801年。

鞋毡笠,负黄包入店,以目视余,似相识者。余曰:"翁非泰州曹姓耶?"答曰:"然。我非公,死填沟壑矣!今小女无恙,时诵公德。不意今日相逢,何逗留于此?"盖余幕泰州时有曹姓,本微贱,一女有姿色,已许婿家,有势力者放债谋其女,致涉讼。余从中调护,仍归所许,曹即投入公门为隶,叩首作谢,故识之。余告以投亲遇雪之由,曹曰:"明日天晴,我当顺途相送。"出钱沽酒,备极款洽。

二十日晓钟初动,即闻江口唤渡声,余惊起,呼曹同济。曹曰:"勿急,宜饱食登舟。"乃代偿房饭钱,拉余出沽。余以连日逗留,急欲赶渡,食不下咽,强啖麻饼两枚。及登舟,江风如箭,四肢发战。曹曰:"闻江阴有人缢于靖①,其妻雇是舟而往,必俟雇者来始渡耳。"枵腹忍寒②,午始解缆。至靖,暮烟四合矣。

曹曰:"靖有公堂两处,所访者城内耶?城外耶?"余踉跄随其后,且行且对曰:"实不知其内外也。"曹曰:"然则且止宿,明日往访耳。"进旅店,鞋袜已为泥淤湿透,索火烘之。草草饮食,疲极酣睡。晨起,袜烧

---

① 缢:自缢,上吊自杀。
② 枵(xiāo)腹:空腹。

其半,曹又代偿房饭钱。

访至城中,惠来尚未起,闻余至,披衣出,见余状,惊曰:"舅何狼狈至此?"余曰:"姑勿问,有银乞借二金,先遣送我者。"惠来以番饼二圆授余①,即以赠曹。曹力却,受一圆而去。

余乃历述所遭,并言来意。惠来曰:"郎舅至戚,即无宿逋②,亦应竭尽绵力;无如航海盐船新被盗,正当盘账之时,不能挪移丰赠,当勉措番银二十圆,以偿旧欠,何如?"余本无奢望,遂诺之。留住两日,天已晴暖,即作归计。

二十五日仍回华宅。芸曰:"君遇雪乎?"余告以所苦。因惨然曰:"雪时,妾以君为抵靖,乃尚逗留江口。幸遇曹老,绝处逢生,亦可谓吉人天相矣。"越数日,得青君信,知逢森已为揖山荐引入店,芝臣请命于吾父,择正月二十四日将伊接去。儿女之事,粗能了了,但分离至此,令人终觉惨伤耳。

二月初,日暖风和,以靖江之项薄备行装③,访故人胡肯堂于邗江盐署。有贡局众司事公延入局④,代

---

① 番饼:即下文所说的番银,指当时流到中国的外国银币。以西班牙币为主。

② 宿逋:过去所欠的债。

③ 项:款项。

④ 贡局:掌管赋税的衙门。公延:集体请延。

司笔墨,身心稍定。

至明年壬戌八月,接芸书曰:"病体全瘳,惟寄食于非亲非友之家,终觉非久长之策,愿亦来邗,一睹平山之胜。"余乃赁屋于邗江先春门外,临河两椽。自至华氏接芸同行。华夫人赠一小奚奴曰阿双①,帮司炊爨,并订他年结邻之约。时已十月,平山凄冷,期以春游。满望散心调摄,徐图骨肉重圆。不满月,而贡局司事忽裁十有五人,余系友中之友,遂亦散闲。

芸始犹百计代余筹画,强颜慰藉,未尝稍涉怨尤。至癸亥仲春,血疾大发。余欲再至靖江,作"将伯"之呼②,芸曰:"求亲不如求友。"余曰:"此言虽是,亲友虽关切,现皆闲处,自顾不遑。"芸曰:"幸天时已暖,前途可无阻雪之虑,愿君速去速回,勿以病人为念。君或体有不安,妾罪更重矣。"

时已薪水不继,余佯为雇骡以安其心,实则囊饼徒步,且食且行。向东南,两渡叉河,约八九十里,四望无村落。至更许,但见黄沙漠漠,明星闪闪,得一土地祠,高约五尺许,环以短墙,植以双柏,因向神叩首,祝曰:

---

① 奚奴:奴仆,仆人。
② 将伯:典出《诗经·小雅·正月》:"将伯助予。"将,请。伯,长者。后世用以指向人求助或帮助他人。

"苏州沈某,投亲失路至此,欲假神祠一宿,幸神怜佑。"于是移小石香炉于旁,以身探之,仅容半体。以风帽反戴掩面,坐半身于中,出膝于外,闭目静听,微风萧萧而已。足疲神倦,昏然睡去。及醒,东方已白,短墙外忽有步语声,急出探视,盖土人赶集经此也。问以途,曰:"南行十里即泰兴县城,穿城向东南,十里一土墩,过八墩即靖江,皆康庄也。"

余乃反身,移炉于原位,叩首作谢而行。过泰兴,即有小车可附。申刻抵靖,投刺焉。良久,司阍者曰:"范爷因公往常州去矣。"察其辞色,似有推托。余诘之曰:"何日可归?"曰:"不知也。"余曰:"虽一年亦将待之。"阍者会余意,私问曰:"公与范爷嫡郎舅耶?"余曰:"苟非嫡者,不待其归矣。"阍者曰:"公姑待之。"越三日,乃以回靖告,共挪二十五金。

雇骡急返,芸正形容惨变,咻咻涕泣。见余归,卒然曰:"君知昨午阿双卷逃乎?倩人大索,今犹不得。失物小事,人系伊母临行再三交托,今若逃归,中有大江之阻,已觉堪虞①,倘其父母匿子图诈②,将奈之何?

---

① 虞:忧虑,担心。
② 匿子:将自己的孩子藏起来。图诈:图谋敲诈。

且有何颜见我盟姊?"余曰:"请勿急,卿虑过深矣。匿子图诈,诈其富有也,我夫妇两肩担一口耳。况携来半载,授衣分食,从未稍加扑责①,邻里咸知。此实小奴丧良,乘危窃逃。华家盟姊赠以匪人,彼无颜见卿,卿何反谓无颜见彼耶? 今当一面呈县立案,以杜后患可也。"

芸闻余言,意似稍释。然自此梦中呓语,时呼"阿双逃矣",或呼"憨何负我",病势日以增矣。

余欲延医诊治,芸阻曰:"妾病始因弟亡母丧,悲痛过甚,继为情感,后由忿激,而平素又多过虑,满望努力做一好媳妇而不能得,以至头眩、怔忡诸症毕备,所谓病入膏肓,良医束手,请勿为无益之费。忆妾唱随二十三年②,蒙君错爱,百凡体恤,不以顽劣见弃。知己如君,得婿如此,妾已此生无憾! 若布衣暖,菜饭饱,一室雍雍,优游泉石,如沧浪亭、萧爽楼之处境,真成烟火神仙矣③。神仙几世才能修到,我辈何人,敢望神仙耶? 强而求之,致干造物之忌,即有情魔之扰。总因君太多情,妾生薄命耳!"

---

① 扑责:敲打、责骂。
② 唱随:夫唱妇随的省略之语。
③ 烟火神仙:俗世中的神仙。

因又呜咽而言曰:"人生百年,终归一死。今中道相离,忽焉长别,不能终奉箕帚①,目睹逢森娶妇,此心实觉耿耿。"言已,泪落如豆。余勉强慰之曰:"卿病八年,惙惙欲绝者屡矣,今何忽作断肠语耶?"芸曰:"连日梦我父母放舟来接,闭目即飘然上下,如行云雾中,殆魂离而躯壳存乎?"余曰:"此神不收舍,服以补剂,静心调养,自能安痊。"

芸又唏嘘曰:"妾若稍有生机一线,断不敢惊君听闻。今冥路已近,苟再不言,言无日矣。君之不得亲心,流离颠沛,皆由妾故,妾死则亲心自可挽回,君亦可免牵挂。堂上春秋高矣,妾死,君宜早归。如无力携妾骸骨归,不妨暂厝于此,待君将来可耳。愿君另续德容兼备者,以奉双亲,抚我遗子,妾亦瞑目矣!"言至此,痛肠欲裂,不觉惨然大恸。

余曰:"卿果中道相舍,断无再续之理,况'曾经沧海难为水,除却巫山不是云'耳。"芸乃执余手而更欲有言,仅断续叠言"来世"二字,忽发喘,口噤②,两目瞪视,千呼万唤已不能言。痛泪两行,涔涔流溢。既而喘

---

① 奉箕帚:指操持家务。
② 噤:闭口,不作声。

渐微,泪渐干,一灵缥缈,竟尔长逝!时嘉庆癸亥三月三十日也①。

当是时,孤灯一盏,举目无亲,两手空拳,寸心欲碎。绵绵此恨,曷其有极!承吾友胡肯堂以十金为助,余尽室中所有,变卖一空,亲为成殓。

呜呼!芸一女流,具男子之襟怀才识。归吾门后,余日奔走衣食,中馈缺乏②,芸能纤悉不介意。及余家居,惟以文字相辩析而已。卒之疾病颠连,赍恨以没③,谁致之耶?余有负闺中良友,又何可胜道哉!奉劝世间夫妇,固不可彼此相仇,亦不可过于情笃。语云"恩爱夫妻不到头",如余者,可作前车之鉴也。

回煞之期④,俗传是日魂必随煞而归,故房中铺设,一如生前,且须铺生前旧衣于床上,置旧鞋于床下,以待魂归瞻顾,吴下相传谓之"收眼光"。延羽士作法⑤,先召于床而后遣之,谓之"接眚"。邗江俗例,设

① 嘉庆癸亥:嘉庆八年,公元1803年。
② 中馈:指饮食。
③ 赍恨:抱着遗憾。赍,怀抱。恨,遗憾。
④ 回煞:古代认为人死后到一定日期,灵魂会返回故宅,到时会有凶煞出现,于家人不利。故是日家人要外出躲避。回煞的具体日期,由阴阳家按其死亡的干支推算而知。
⑤ 羽士:道士。

酒肴于死者之室，一家尽出，谓之"避眚"。以故有因避被窃者。

芸娘眚期，房东因同居而出避，邻家嘱余亦设肴远避。余冀魂归一见，姑漫应之。同乡张禹门谏余曰："因邪入邪，宜信其有，勿尝试也。"余曰："所以不避而待之者，正信其有也。"张曰："回煞犯煞，不利生人，夫人即或魂归，业已阴阳有间，窃恐欲见者无形可接，应避者反犯其锋耳。"

时余痴心不昧，强对曰："死生有命。君果关切，伴我何如？"张曰："我当于门外守之。君有异见，一呼即入可也。"

余乃张灯入室，见铺设宛然，而音容已杳，不禁心伤泪涌。又恐泪眼模糊，失所欲见，忍泪睁目，坐床而待。抚其所遗旧服，香泽犹存，不觉柔肠寸断，冥然昏去。转念待魂而来，何遽睡耶？开目四视，见席上双烛青焰荧荧，缩光如豆，毛骨悚然，通体寒栗。因摩两手擦额，细瞩之，双焰渐起，高至尺许，纸裱顶格①，几被所焚。

---

① 顶格：即天花板。

余正得借光四顾间,光忽又缩如前。此时心眘股栗①,欲呼守者进观,而转念柔魂弱魄,恐为盛阳所逼。悄呼芸名而祝之,满室寂然,一无所见。既而烛焰复明,不复腾起矣。出告禹门,服余胆壮,不知余实一时情痴耳。

芸没后,忆和靖"妻梅子鹤"语②,自号梅逸。权葬芸于扬州西门外之金桂山,俗呼郝家宝塔。买一棺之地,从遗言寄于此。携木主还乡,吾母亦为悲悼;青君、逢森归来,痛哭成服。启堂进言曰:"严君怒犹未息③,兄宜仍往扬州,俟严君归里,婉言劝解,再当专札相招。"

余遂拜母别子女,痛哭一场,复至扬州,卖画度日。因得常哭于芸娘之墓,影单形只,备极凄凉。且偶经故居,伤心惨目。重阳日,邻冢皆黄,芸墓独青。守坟者曰:"此好穴场,故地气旺也。"余暗祝曰:"秋风已紧,身尚衣单,卿若有灵,佑我图得一馆,度此残年,以待家乡信息。"

未几,江都幕客章驭庵先生欲回浙江葬亲,倩余代庖三月,得备御寒之具。封篆出署④,张禹门招寓其

---

① 心眘:心跳的样子。
② 和靖:林逋,字君复。北宋诗人。卒后宋仁宗赐谥"和靖先生"。
③ 严君:父亲的代称。
④ 封篆:旧时官府于岁末年初停止办公,称封篆。篆,官印的代称,因其多为篆文。

家。张亦失馆,度岁艰难,商于余,即以余赀二十金倾囊借之,且告曰:"此本留为亡荆扶柩之费,一俟得有乡音,偿我可也。"

是年即寓张度岁。晨占夕卜,乡音殊杳。至甲子三月,接青君信,知吾父有病,即欲归苏,又恐触旧忿。正趑趄观望间①,复接青君信,始痛悉吾父业已辞世。刺骨痛心,呼天莫及,无暇他计,即星夜驰归,触首灵前②,哀号流血。

呜呼!吾父一生辛苦,奔走于外。生余不肖,既少承欢膝下,又未侍药床前,不孝之罪,何可逭哉③!吾母见余,哭曰:"汝何此日始归耶?"余曰:"儿之归,幸得青君孙女信也。"吾母目余弟妇,遂默然。

余入幕守灵至七④终,无一人以家事告,以丧事商者。余自问人子之道已缺,故亦无颜询问。

一日,忽有向余索逋者,登门饶舌。余出应曰:"欠债不还,固应催索,然吾父骨肉未寒,乘凶追呼,未免太甚。"中有一人私谓余曰:"我等皆有人招之使来,

---

① 趑趄(zī jū):犹豫不决的样子。
② 触首:磕头。
③ 逭(huàn):逃,避。
④ 七:古时人死后七日一祭,俗称曰"七"。

公且避出,当向招我者索偿也。"余曰:"我欠我偿,公等速退!"皆唯唯而去。

余因呼启堂谕之曰:"兄虽不肖,并未作恶不端,若言出嗣降服①,从未得过纤毫嗣产,此次奔丧归来,本人子之道,岂为争产故耶?大丈夫贵乎自立,我既一身归,仍以一身去耳!"言已,返身入幕,不觉大恸。叩辞吾母,走告青君,行将出走深山,求赤松子于世外矣②。

青君正劝阻间,友人夏南薰字淡安、夏逢泰字揖山两昆季寻踪而至,抗声谏余曰:"家庭若此,固堪动忿,但足下父死而母尚存,妻丧而子未立,乃竟飘然出世,于心安乎?"余曰:"然则如之何?"淡安曰:"奉屈暂居寒舍,闻石琢堂殿撰有告假回籍之信,盍俟其归而往谒之,其必有以位置君也③。"余曰:"凶丧未满百日,兄等有老亲在堂,恐多未便。"揖山曰:"愚兄弟之相邀,亦家君意也。足下如执以为不便,西邻有禅寺,方丈僧与余交最善,足下设榻于寺中,何如?"余诺之。

青君曰:"祖父所遗房产,不下三四千金,既已分

---

① 出嗣:过继给他人。降服:丧服的级别减一等。
② 赤松子:相传为上古的神仙。
③ 位置:安置。

毫不取,岂自己行囊亦舍去耶？我往取之,径送禅寺父亲处可也。"因是于行囊之外,转得吾父所遗图书、砚台、笔筒数件。

寺僧安置予于大悲阁。阁南向,向东设神像。隔西首一间,设月窗,紧对佛龛,本为作佛事者斋食之地,余即设榻其中。临门有关圣提刀立像,极威武。院中有银杏一株,大三抱,荫覆满阁,夜静风声如吼。

揖山常携酒果来对酌,曰:"足下一人独处,夜深不寐,得无畏怖耶？"余曰:"仆一生坦直,胸无秽念,何怖之有？"居未几,大雨倾盆,连宵达旦三十馀天,时虑银杏折枝,压梁倾屋。赖神默佑,竟得无恙。而外之墙坍屋倒者不可胜计,近处田禾俱被漂没。余则日与僧人作画,不见不闻。

七月初,天始霁。揖山尊人号莼芗,有交易赴崇明,偕余往代笔书券,得二十金。归,值吾父将安葬,启堂命逢森向余曰:"叔因葬事乏用,欲助一二十金。"余拟倾囊与之,揖山不允,分帮其半。余即携青君先至墓所。葬既毕,仍返大悲阁。

九月杪①,揖山有田在东海永泰沙②,又偕余往收

① 杪(miǎo):本指树枝的细梢,引申为末尾的意思。
② 沙:指海滨沙州。

其息①。盘桓两月,归已残冬,移寓其家雪鸿草堂度岁。真异姓骨肉也。

乙丑七月②,琢堂始自都门回籍。琢堂名韫玉,字执如,琢堂其号也,与余为总角交③。乾隆庚戌殿元④,出为四川重庆守。白莲教之乱,三年戎马,极著劳绩。及归,相见甚欢。旋于重九日,挈眷重赴四川重庆之任,邀余同往。余即叩别吾母于九妹倩陆尚吾家,盖先君故居已属他人矣。吾母嘱曰:"汝弟不足恃,汝行须努力。重振家声,全望汝也!"逢森送余至半途,忽泪落不已,因嘱勿送而返。

舟出京口,琢堂有旧交王惕夫孝廉在淮扬盐署,绕道往晤,余与偕往,又得一顾芸娘之墓。返舟由长江溯流而上,一路游览名胜。至湖北之荆州,得升潼关观察之信,遂留余与其嗣君敦夫眷属等⑤,暂寓荆州。琢堂轻骑减从至重庆度岁,遂由成都历栈道之任。

丙寅二月,川眷始由水路往,至樊城登陆。途长费

① 息:利息。此指租子。
② 乙丑:清嘉庆十年,公元1805年。
③ 总角:古代男女未成年时,束发为两角,称总角。后用以指代童年。
④ 殿元:指状元。为殿试的第一名,故称。
⑤ 嗣君:指他人的儿子。

巨，车重人多，毙马折轮，备尝辛苦。抵潼关甫四月，琢堂又升山左廉访①，清风两袖。眷属不能偕行，暂借潼川书院作寓。十月杪，始支山左廉俸②，专人接眷。附有青君之书，骇悉逢森于四月间夭亡。始忆前之送余堕泪者，盖父子永诀也。

呜呼！芸仅一子，不得延其嗣续耶！琢堂闻之，亦为之浩叹③，赠余一妾，重入春梦。从此扰扰攘攘，又不知梦醒何时耳。

---

① 山左:指山东。因在太行山左,故称。
② 支:领取。俸:官员的俸禄。
③ 浩叹:长叹,大声叹息。

今译　人生的坎坷都怎么来的？往往都是因为自作孽。但我却不然，我这人一生多情义而重诺言，为人直爽，性格不羁，却反而因为这样的性格而遭罪。我父亲稼夫公，一辈子慷慨豪侠，救人危难，助人成事，替别人嫁女儿，替别人抚育儿子，这些事十根手指都数不完。一辈子挥金如土，却都是为了别人。而我夫妻二人平日家居，偶尔需要花钱的地方，却不免典当。开始还能移东墙补西墙，后来越来越支应艰难。俗话说："处家人情，非钱不行。"先是家里奴仆非议，渐渐兄弟妯娌也开始讥笑。"女子无才便是德"，这句话真是千古名言！

我在家中虽是长子，而大家族排行第三，所以家中上下都管芸娘叫"三娘"，后来忽然改称为"三太太"，开始是玩笑，后来成了习惯，甚至于无论是尊卑还是长幼，都管她叫"三太太"，这难道就是家中生变的缘故之一吗？

乾隆乙巳年，父亲在海宁县县衙做幕友，我跟去侍奉他。陈芸在家中寄给我的信中附了封自己写的短信，父亲说："媳妇既然能写字，你母亲的家信就交给她来写。"后来家中偶然有了矛盾口舌,我母亲疑心陈芸没能把话说明白,就不让她代笔写信。我父亲看到家书不是陈芸的笔迹,问我:"你媳妇病了?"我写信去问,也没有回答。时间一长,我父亲生气说:"想来是你媳妇不屑于代笔吧!"等到我回家,打探清楚其中的隐曲,想向父亲委婉解释时,陈芸连忙阻止我说:"宁愿被公公责怪,也不能让婆婆厌恶。"结果到了最后也没有剖白。

庚戌年春天,我又侍奉家父到江都县衙中任幕僚。父亲有个同事俞孚亭,带了家眷来住。我父亲跟俞孚亭说:"我一辈子辛苦,总是在外地,想找个日常起居侍候的人(指妾)也找不到。做子女的如果真的能体察长辈的心意,就该从老家找个人来侍候,这样方言相同,能说得上话。"孚亭把这话转告我,我私下写信给芸娘,请她找媒婆物色人选,找了个姚家的女儿。芸娘以为事情还没商定,就没有先向我母亲禀报。姚氏来我家被相看的时候,芸娘借口是邻居家的女儿来玩。等到我父亲命我将姚氏接往江都官署中时,芸娘又听了别人的话,托词说姚氏是我父亲自己选的合心意的人,结果我母亲见了姚氏,说:"这不是那个邻居家来玩的女儿么,为什么娶了她?"从此芸娘连婆婆的欢心也失去了。

壬子年春天,我在真州坐馆。我父亲在江都生了病,我赶去侍候,也生了病。当时我弟弟启堂也在江都侍候,芸娘来信说:"启堂弟曾经向邻家妇人借钱,当时叫我做保人,现在人家催贷催得急。"我去问启堂,启堂反而认为做嫂子的太多事。我就回信说:"现在父亲和我都生病,没钱可以偿债,等启堂弟回去后他自己处理就行了。"

不久父亲和我都病愈,我还回了真州。陈芸的回信寄到江都,我父亲拆了信看,见里面讲到启堂弟欠邻居家钱的事情,信里还说:"令堂觉得老人家的病是因为姚姨娘而起的,等老人家病好点后,要私下嘱咐姚氏,让她说想家,我会叫姚的父母到扬州去接她。这样才可以彼此卸下责任。"

我父亲见信大怒,去问启堂欠邻家钱的事,启堂说不知道。我父亲就写信训斥我说:"你妻子背着丈夫借债,还污蔑小叔,而且称婆婆为'令堂',称公公为'老人',真是荒谬无礼之极! 我已经专门派人带信回苏州去赶她出门,你要是稍微有点人心,也该知道自己的过错!"我接了这封信,仿佛晴天霹雳,立刻写信去恭敬认罪。又雇了牲口迅速赶回苏州,只怕陈芸寻短见。到了家正解释着,父亲派的人拿着逐信到了,信里历数陈芸的许多过错,言辞很是决绝。

陈芸哭着说:"妾固然不该乱说话,但公公也应饶恕我这个无知的妇人。"过了几天,我父亲又有亲笔信回来,说:"我也不做得过分,你带着你老婆出去住罢。不要让我见到,免得我生气就行了。"我想让陈芸暂且寄居娘家,但陈芸因为母亲已故,弟弟又不在家,不愿去靠族人为活。幸亏友人鲁半舫听说这事后同情我们,邀请我们夫妻俩去他家的萧爽楼住。

两年后,我父亲才渐渐知道事情的原委。当时正好我从岭南回来,我父亲亲自到萧爽楼对陈芸说:"之前的事情我已经都晓得了,你何不回家住?"我们夫妻两个高高兴兴,仍然回到老宅子,骨肉团圆。谁知道后来又遇到憨园这个孽障呢!

陈芸一向血气亏损,因为她弟弟克昌离家后一去不返,母亲金氏思念儿子而病故,陈芸悲伤过度,得了这个病。自从认识憨园后,一年多没发病,我正庆幸她得了良药。而憨园被有势力的人抢走,下了千金的聘礼,而且答应养活她母亲。唉,佳人已属沙叱利!我知道后一直不敢说起。

陈芸去探访憨园才知道真相,回来呜咽着对我说:"起初哪里料到憨园是如此薄情!"我说:"你自己情痴罢了,干这一行的人,哪有什么真情?而且习惯了锦衣玉食的,你叫她过荆钗布裙的日子,她也未必能安心。与其将来后悔,不如一开始就不成。"虽然我再三的抚慰陈芸,而陈芸到底觉得受了欺骗,心中愤恨,血气之病大发作。卧床不起,人衰弱得很,吃药也没效果。病况时好时坏,人瘦得脱了形。没过几年,因为我们的负债越来越多,别人非议纷纷。家里父母又因为陈芸当年和妓女结盟的事情,更加憎恶她。我夹在中间百般调解,唉,已经不是人过的日子了。

陈芸生了个女儿叫青君,当时十四岁。很能读书,而且极贤惠能干,平时典当首饰衣物,都幸亏她的辛劳。儿子叫逢森,当时十二岁,跟着老师读书。

我连续几年没有馆坐,在家门里设了个书画

摊,三天挣的钱不够一天的花销。焦头烂额,困苦不堪,时不时陷入窘境。大冬天没有皮袭,苦熬着过。青君也衣服单薄,冷得发抖,还强撑着说"不冷"。因此陈芸立誓不再花钱请医吃药。偶尔也能起床活动,当时恰好我有个朋友周春煦从福郡王府中回来,要找人绣一部《心经》。陈芸想着绣佛经可以消灾降福,而且又有丰厚的报酬,就绣了。而周春煦行色匆匆,不能等时间长,于是陈芸十天就赶着绣完。体弱之人,一下子劳苦,导致又添了腰酸头晕的毛病。谁知道命薄的人,就是佛祖也不能发慈悲保佑呢!绣《心经》之后,陈芸病况转重,平时要水要汤的,家里上下都厌烦。

有个山西人在我画铺左面租房子,日常放高利贷,有时请我作画,就此而结识。有个朋友要向他借五十两银子,求我当保人,我因为情面难却,答应了。结果这朋友竟然带着钱逃走。山西人只找我这保人说话,经常来吵闹,开始还以书画抵债,后来渐渐没东西可以赔偿。年底我父亲回家,山西人来讨债,在门口咆哮。我父亲听到了,叫我来责骂说:"我家是读书体面人家,怎么弄到欠这种小人的钱!"

正解释的时候,恰好陈芸有个从小订盟的姐姐锡山华夫人,知道陈芸生病了,派人来问候。我父亲听说是订盟姐妹,误以为是憨园派来的使者,愈发大怒:"你老婆不守闺训,和娼妓结盟。你也不思上进,和下等人鬼混。要是说弄死你呢,我也不忍心,姑且给你三天的宽限,你自己找活路去罢,不然一定上衙门去告你忤逆!"

陈芸听说了,哭着说:"公公婆婆这么生气,都是我的罪过。我死了你再走,你肯定不忍心;我留下来你走呢,你又肯定舍不得。姑且偷偷喊华家人来,我挣扎起来问问。"

就让青君扶着到房外,喊来华家人问道:"你家主母特意派你来的?还是顺便来的?"华家人说:"主母早就听说夫人生病卧床,本来想亲自来探望,因为从未上过门,不敢造次。临走的时候主母嘱咐说:'要是夫人不嫌乡下住得简陋,不妨来乡下调养,好应小时候灯下说起来的约定。'"原来当年陈芸和华夫人做闺中密友的时候,曾有过将来若有疾病,相互扶持的誓言。陈芸就嘱咐华家人说:"麻烦你快点回去，禀告你家主母，两天后派船悄悄来接我们。"

那人走了之后，陈芸对我说："华家这位盟姐，比亲骨肉还亲，你要是肯去她家，不妨一起去。但儿女不便一起带去，留下来连累高堂也不行，必须两天之内安排好。"

当时正好我表兄王荩臣，有个儿子叫韫石，想娶青君当媳妇。陈芸说："听说王家儿子懦弱无能，不过是个能守家业的罢了，而王家又没什么可守的家业。幸亏说来也是诗礼之家，而且又是独子，答应他吧。"我跟王荩臣说："我父亲是你的舅舅，想来你要讨青君当儿媳妇，家父不会不答应，但要等到青君长大再出嫁，看情况恐怕是不能够。我们夫妻俩去锡山后，你就禀告父母，先娶回去做童养媳，怎么样？"王荩臣高兴地说："就听你的。"儿子逢森，也托了友人夏揖山，转荐他学生意去了。

安顿好了后，华家的船正好来了，当时是庚申年腊月二十五日。陈芸说："孤单单出门，不光招邻居笑话，而且山西人那笔欠款没下落，怕他不放我们走，得明天五鼓时悄悄地走。"我问："你病中吃得消早寒吗?"陈芸说:"死生都是命,不想那么多了。"我私下禀告了父亲,他也同意。

当夜先把半挑行李挑下船,打发逢森先睡下。青君守在母亲身边哭,陈芸嘱咐说:"你娘一辈子命苦,又加上情痴,所以遭受这般颠沛流离的苦楚。幸亏你父亲对我好,这一去没什么可挂心的。两三年内,肯定会想法子团圆。你到夫家后,要尽妇道,千万不要学你娘。你公婆以有你当儿媳妇为幸,一定会对你好。我留下的箱笼杂物,都给你带到王家去。你弟弟年纪小,我没告诉他。临走时对他就借口说去看医生,几天就回来。你等我走远了再告诉弟弟真相,并禀告你祖父罢。"边上有个老仆妇,就是前卷中提到曾经租她家避暑的那个,她愿意把我们送到锡山乡下去。所以当时她陪侍在旁边,听得直擦眼泪。快到五鼓时,我们热了粥一起吃。陈芸强作欢笑说:"当年因为吃粥而聚,今天又是吃粥而散,要是编成戏,可以叫《吃粥记》。"逢森听到动静也起来了,嘟囔着说:"阿娘去哪里?"陈芸说:"要出门去看医生。"逢森说:"干吗起这么早?"陈芸说:"因为路远。你和姐姐乖乖待在家里,别讨祖母的嫌。我和你父亲一起去,几天就回来。"

鸡叫第三遍,陈芸含着泪扶着老仆妇,开了后门正要走,逢森忽然大哭起来:"呜!阿娘回不来了!"青君怕惊动他人,忙掩住他嘴巴又安慰他。这时候,我两人已经是肝肠寸断,一句整话也说不出来,只能勉强叫逢森"不哭"而已。青君关了后门,陈芸走出巷外十几步,已是倦到走不动。于是让老仆妇提着灯,我背着芸走。快到船前的时候,差点被巡逻的人抓住。幸亏老仆妇将陈芸认作是生病的女儿,我是女婿,而且船夫都是华家的雇工,听到动静就来接应我们,扶着下了船。解缆出发后,陈芸方才放声痛哭。这一走,母子从此就成了永诀!

华家家主叫华大成,住在无锡的东高山,房子对着山,种田为生,为人非常朴素诚恳。他的妻子夏氏,就是陈芸的盟姐。那天下午一点钟的时候,我们才到华家,华夫人已经在门口等着了,她带了两个小女儿登船,彼此欢喜见了,扶着陈芸上岸,殷勤地款待我们。周围邻家的媳妇孩子闹哄哄来了一屋子,围着陈芸看,有打听的,有怜惜的,交头接耳,一屋子叽叽喳喳。陈芸对华夫人说:"今天真像是武陵渔夫进了桃花源啦。"华夫人说："乡下人少见多怪，妹妹别笑话。"从此安心过日子。

到了元宵节时候，不过才二十天，陈芸就渐渐能起来走走了。元宵夜在打麦场看了舞龙灯，我见她神气态度渐渐复元，心里才安定，和她私下商量道："我住在华家也不是长久之计，想去别的地方又没钱，怎么办？"陈芸说："我也在盘算这个。你姐夫范惠来现在在靖江盐公堂里当会计，十年前曾向你借过十两银子，当时我们正手头紧，我典当了首饰凑的钱。你还记得吗？"我说："都忘记了。"陈芸说："听说靖江离这里不远，何不去一趟？"我同意了。

当时天气很暖，我穿着织绒袍，外加哔叽的短褂，还觉得热。出发的日子是辛酉年正月十六日，当天晚上住在无锡的旅店，租了铺盖睡下来。早上起来去赶江阴航船，一路顶风而行，后来又下小雨。夜里到了江阴的长江口，春寒彻骨，买酒喝了御寒，把钱花没了。犹豫了一夜，准备把衬衣脱下来典当了钱坐渡船。

到了十九日，北风更猛，大雪纷纷，我不禁凄惨落泪，算算房钱渡钱，不敢再买酒喝。正冻得心寒腿抖的时候，忽然见到一个老人，穿着草鞋戴着毡帽，背着黄布包，进了店，盯着我看，好像认识我。我说："老人家是不是泰州人姓曹啊？"他答道："正是啊。要不是您，我早填了土沟了！现在我女儿活得好好的，常念诵您的好处。没想到今天遇到您，您为什么待在这里啊？"原来我在泰州做幕友时，有个姓曹的，家里卑贱，一个女儿生得漂亮，已经许了人家了，被有势力的人看中，故意放债给他家，然后要他女儿抵债，打起官司来。我在中间调解维护了一回，让他女儿依旧嫁去之前订的女婿家，曹老汉则投到衙门里当了皂隶，来跟我磕头道谢，所以我才认识他。我告诉他投亲被雪所阻的事儿，曹老汉说："明天天晴了，我正好顺路送送您。"他又拿钱出来打酒，彼此谈得很欢喜。

二十号一大早，就听到江边渡口有招呼上渡船的，我连忙起床，喊曹老汉一起上船。曹老汉说："不急，先吃饱了再上船。"代我付了房钱饭钱，拉我出去吃早酒，我因为已经耽误了几天，急着去赶渡船，食不下咽，勉强吃了两块麻饼。等到上了船，江上寒风锐利如箭，我冷得四肢发抖。曹老汉说："听说江阴有人在靖江吊死了,那人的妻子雇了这艘船过江,所以一定要等到雇主来了才会发船。"饿着肚子忍着寒,一直等到中午船才开。等到了靖江,已经是暮烟四合的傍晚。

曹老汉说:"靖江的盐公堂一共有两处,您要找的是城里的?还是城外的?"我踉踉跄跄跟在他后面走,边走边答:"老实说我也不知城里的还是城外的。"曹老汉说:"这么着就先投宿,明天再去找。"进了旅店,鞋袜已经被淤泥湿透了,要了火来烘,随便吃了点东西,就累得睡熟了。第二天早上起来,袜子被火烧掉了一半,曹老汉又代我付了房钱饭钱。

找到城里的盐公堂,范惠来还没起床,听说我来了,披着衣服出来,见到我大惊:"阿舅怎么狼狈成这个样?"我说:"暂且先别问,有银子请先借二两,打发送我来的人。"惠来给我两块洋钱,我转手送给曹老汉,他拼命辞谢,最后收了一块告辞了。

我跟范惠来细讲一路经历,并告知来意。惠来说:"我们是郎舅至亲,就是没欠旧债,也该竭力帮你;只是最近航海的盐船刚刚被盗,正是盐公堂里盘账的时候,不能用公款丰厚地借给你,我将尽量筹借二十块洋钱来还旧账,怎么样?"我本来就没什么奢望,就答应了。惠来留我住了两天,天气已转为晴暖,就准备回去了。

二十五日仍然回到了华家,陈芸问:"你路上遇雪了吗?"我告诉她出行受的罪。她悲伤道:"下雪的时候,我还以为你已经到了靖江呢,却原来还逗留在长江口。幸亏遇到曹老爹,绝处逢生,也可以说是吉人天相了。"过了几天,得到青君的信,知道逢森已经被夏揖山推荐进了店里学生意,王荩臣跟我父亲请求后,选了正月二十四号这天把青君接到王家去了。儿女之事,总算大概了事,但一家人如此分离,还是令人凄惨感伤。

到了二月初,天气暖和了,我拿靖江得来的钱略准备了点行李,去江都盐署找老友胡肯堂。贡局的诸位司事公推荐我入了贡局,做点文字笔墨工作,我这才暂且安定。

到了第二年壬戌年的八月,接到陈芸的信说:"我的病已全好了,只是寄食在非亲非友的人家,还是觉得不是长久之策,我想也去扬州,看看平山堂的风景。"我就在扬州的先春门外租了房子，是临河的两间，自己回了华家，接了陈芸一起出发。华夫人送了一个叫阿双的小厮，帮我们做做饭，又订了以后结邻而居的约定。当时已经是十月了，扬州气候变冷，我们期盼着到春天再去游览。满心指望着散散心，调养好身体，慢慢想办法和苏州的骨肉团圆。结果不到一个月，贡局的司事裁掉了一半，我是人托人进来的，于是也失业了。

陈芸开始还千方百计代我谋划，强颜欢笑地安慰我，从来没有一点抱怨。到了癸亥年的仲春，陈芸又犯了血疾，病得很重。我想再去靖江求告借贷，陈芸说："求亲戚不如求朋友。"我说："虽是这么说，虽然亲友也都关心我们，但朋友们现在都没什么进项，自己还顾不过来呢。"陈芸说："幸亏现在天气已经暖了，出门不用担心被雪阻在路上，愿你早去早回，不要牵挂我这个病人。万一你身体因此不好，更是我的罪过了。"

当时家里已经缺粮少柴的了，我假装雇了骡子，好让陈芸安心，实际上带了几块饼徒步而行，边走边吃。向着东南方向，两次渡过叉河，大约走了八九十里，四面望去，一个村子也没有。走到一更天，只见一片黄沙，天空中闪闪明星，路边有个土地祠，大约五尺高，四周有短墙围着，种着两棵柏树。我给土地神磕头，祷告说："苏州沈某人，投靠亲友失路至此，想借祠住一宿，求神怜惜庇佑。"于是把神像前的小石头香炉移到一边，身体探到土地祠里，也仅仅能容半个身子。我把风帽反过来戴挡住脸，半个身子坐在祠堂里，膝盖伸在外面，闭着眼睛，静静听风声萧萧。腿脚劳累又精神疲倦，昏昏沉沉睡了过去。等醒来时，已是东方发白，短墙外忽然有人的脚步说话声，我忙出去看，原来是当地人赶集路过。我向他们问路，告诉我："向南走十里，就是泰兴县城，穿过城，向东南走，每十里一个土墩，过了八墩就是靖江，一路都是大道。"

我回头把石香炉放回原位，给土地神磕头道谢，再次出发。过了泰兴，就有小车可以搭乘。申时到了靖江，找到范家投了名片，老半天，门房出来说："范爷因为公务去常州了。"我看他的神情，像是糊弄推托，就责问他："什么时候回来？"答："不晓得。"我说："就是一年我也等着。"门房看我的态度，私下问我:"您老和范爷是嫡亲郎舅么?"我说:"要不是嫡亲的,就不等他回来了。"门房说:"您姑且先等着吧。"等了三天,告诉我范惠来回了靖江,这次我一共从范处挪借了二十五两。

我忙雇了骡子赶回,陈芸正神色凄惨失常,哭得抽抽搭搭。见我回来,忽然问:"你可知道昨天中午阿双偷了东西逃了?请人到处去找,到现在还没找到。丢了东西是小事,他是他母亲临走之前再三嘱咐交给我的,现在如果他逃回无锡,中间隔着长江,已经觉得很危险了;如果他父母把儿子藏起来讹诈我们,可怎么办?而且还有什么脸面去见我盟姐?"我说:"先别急,你想得太多了。把儿子藏起来讹诈,是要诈有钱人的,我们夫妻两个穷得两个肩膀担一张嘴巴,能诈到什么?而且带阿双来半年,给他穿给他吃,从没骂过打过,邻居们都是知道的。这实在不过是小厮没良心,乘主家之危偷盗逃走。华家盟姐送给你一个坏坯子,该是她没脸见你,你怎么反说没脸见她?现在要做的是报县衙立案,以杜绝后患就行了。"

陈芸听了我的话,好像稍微释怀了些。但从此睡后梦话,不时叫"阿双跑了",又喊"憨园怎么能负我",病况一天天地严重了。

我要请医生来诊治,陈芸拦住我说:"我的病起因是弟弟失踪、母亲去世,悲痛过甚,后来又因为情感纠葛,接着又是愤怒郁激。而平时一向思虑太过,满心只想努力做个好媳妇,却只做不成。以至于头晕目眩,心悸种种症状都全了。所谓病入膏肓就是我这样,再好的医生来也没救,请你不要再白花钱了。回想起来和你夫唱妇随二十三年,蒙你的厚爱,百事都体谅我,不嫌弃我的笨拙不好。能得一你这样的知己,得一你这样的夫婿,我这辈子已经没有遗憾。如果能粗布衣裳穿得暖,小菜饭吃得饱,一家人和和气气,泉石山林中尽情游览,就像我们在沧浪亭、萧爽楼时那样子,真是在人间过着神仙生活了。做神仙说是要几辈子才能修行到,我们是什么人,哪敢就期望过上神仙日子呢?勉强去求,犯了造物主的忌讳,就打情中惹出种种魔念的侵扰。总之,眼前这般境地,是因为你太多情,我生来薄命罢了!"

又呜咽道:"虽说人生活上百年,到头免不了一个死。但现在我半路上把你撇下,要和你永别,不能再做你的妻子操持家务,也不能亲眼看到逢森娶媳妇,心里实在放不下。"一番话说完,豆大的眼泪滚滚而下。我勉强安慰她道:"你病了八年了,也好几次看似不行了,为什么现在忽然说这些伤心的话?"陈芸说:"这几天一连梦见我父母派船来接我,眼一闭就觉得自己上上下下地飘,好像在云雾里,是不是已经离了魂,光有个躯壳躺在这里了?"我说:"这是神不守舍,吃点滋补的药,静心调养,就会好的。"

陈芸唏嘘道:"但凡有一线生机,我也断断不敢乱吓唬你。现在我离黄泉近了,再不说,就没时间说了。你不得父母欢心,弄得颠沛流离,都是因为我的缘故,我死了后,公婆大概会回心转意,你也不用再牵挂。二老年纪都大了,等我死了,你该早点回家。如果没办法把我的骸骨带回苏州,不妨暂时安置在这里,留待以后再说。希望你另外续娶个德容兼备的女子,好奉养双亲,抚育我丢下来的孩子,这样我也能安心闭眼了。"说到这里,悲痛肠断,不由放声大哭。

我说:"你要是果真半路上把我撇下,我断无再娶之意,何况'曾经沧海难为水,除却巫山不是云'了。"陈芸拉着我的手,还想说点什么,但仅能断断续续反复说"来世"两个字,忽然喘起来,再说不出话,两眼直瞪,我千呼万唤,她已经说不出一个字,只是两行泪滚滚不绝而下。过一会儿喘息也细了,眼泪也干了,缥缈一缕魂灵,就这样去世了!这一天是嘉庆癸亥年的三月三十日。

那个时候,孤零零的一盏灯,我举目无亲,只有自己两只手,无依无靠,痛苦的心都碎了,这悲痛无边无际,真不知道什么时候才到头!蒙好友胡肯堂帮了我十两银子,我又把家里所有的东西变卖一空,亲自给陈芸入殓成礼。

呜呼!陈芸作为一名女子,而能有男子的襟抱和学识。嫁过来后,我天天为了衣食而到处奔走,家中花销匮乏,而陈芸能一点都不介意。我在家里的时候,只是和我谈论谈论文字。最后她接连生病,带着遗憾而去世,谁导致这样的下场?我辜负了她这位闺中良友,又有什么可称赞的?我奉劝这世上做夫妻的,固然不要彼此结愁,但也不可感情太好。俗话说:"恩爱夫妻不到头。"像我这样的,就是个前车之鉴。

到了回煞的那天,传说这一天亡魂会随着鬼差回来,所以家中要摆设得一如亡者生前,而且要在床上铺上亡者生前穿的衣服,把旧鞋子放到床下,好等亡魂回来探视。苏州地区管这个叫"收眼光",要请道士来做法,先把亡魂召到床前,再打发它走,叫做"接眚"。扬州的旧规矩,是在死者的房间准备好酒菜,全家都外出,叫做"避眚",所以有因此而被偷盗的。

芸娘的回煞日,房东因为和我们住在一起,已经躲出去了。邻居也嘱咐我准备酒肴然后远远躲出去,我却希望能见一次陈芸的亡魂,只随口应着。同乡张禹门劝谏我说:"想鬼邪之事就会引来邪物,还是信老规矩的好,别去尝试。"我说:"之所以想不躲出去留下来等,正是因为相信这个啊。"张说:"回煞时如果犯煞,对活人不好。夫人即使一魂归来,也是阴阳两隔了,我只怕你想见她也见不到,反而被冲撞。"

那时我痴心不死,勉强答道:"死生都是命,您要是真关切,能不能留下来陪我?"张说:"我在门外守着,你要是见了什么怪事,一喊我就进来。"

我点了灯进屋,见布置一如往日,而伊人已不见,不禁伤心落泪。又怕泪眼模糊,错过想见的,因此忍着泪,睁着眼,在床边坐着等。抚摸陈芸留下来的旧衣服,还有淡淡香气,不觉痛苦得昏昏沉沉。转念一想,我本是在等陈芸的魂魄,为什么要睡着呢?睁眼四处望望,见席子上一对蜡烛绿光莹莹,火焰缩得豆子大,我这时毛骨悚然,全身发抖。搓两手擦擦额头,细细一看,见一对烛焰又越起越高,高到一尺多,差点烧到纸糊的天花板。

我正趁着光亮四处打量,忽然烛光又缩回原样。我这时心下狂跳,两腿抖动,想叫门外守着的人进来,又转念一想,陈芸魂魄柔弱,怕被旺盛的阳气冲撞了不好,便悄悄叫着陈芸的名字祷告,一室静寂,什么也没看见。过一会儿,蜡烛焰恢复原来的光亮,也不腾起来了。我出门告诉张禹门如此这般,他佩服我胆子大,却不知道我不过是一片痴情罢了。

芸娘去世后,我想起林和靖先生"梅妻鹤子"的话,自己取了个号叫梅逸。暂时把陈芸安葬在扬州西门外的金桂山,当地人叫郝家宝塔的地方,买了一小块地,听从陈芸的遗言,把她寄葬在那里。然后带着她的木主回了苏州,我母亲见了也很伤心,青君、逢森回到家里,痛哭一场,穿了孝服。弟弟启堂跟我说:"老父亲怒气还没消,哥哥该仍然回扬州去,等父亲回了苏州,我们好好劝说开了,再专门写信叫你回来。"

于是我拜别母亲,辞别子女,痛哭一场后,又来了扬州,靠卖画度日。因此有空常去陈芸的墓上哭泣,孤零零的一个人,凄凉到了极点。偶尔经过往时住的地方,更是触目伤心。重阳节,别的坟上草都是黄的,只有陈芸墓上草青青,看坟的人说:"这是个好墓穴,所以地气旺。"我悄悄祷告说:"已经是秋风凄紧了,我还穿着单衣,你要是有灵验,保佑我坐个馆,好混过这年末,来等家乡的信。"

不久,江都县的师爷章驭庵先生要回浙江安葬父母,请我代工三个月,我这才能把冬衣冬被备齐。到了年底封印散衙,张禹门叫我到他家去住,当时张也失业了,过年很是艰难,他和我商量,我就把剩下的二十两银子全部借给了他,跟他说:"这本来是留着给亡妻迁坟回苏州的钱,一旦等到我有家里信来,还请还我。"

这一年就在张家过的年,早晚占卜问卦,只是等不到苏州来信。到了第二年甲子年三月,接到青君的信,知道我父亲生了病,就想回苏州去,又怕惹父亲生旧气。正犹豫不决的时候,又接到青君的信,才痛苦地知道我父亲已经下世了,刺骨痛心,喊天天不应。我来不及管其他的,立刻连夜赶回去,到了灵堂里磕头,长号流血。

呜呼!我父亲一辈子辛苦,在外奔走,生了我这个不孝儿子,既没有在他身边侍奉让他欢喜,又没有在床前服侍汤药,我这个不孝的罪过,哪里逃得掉呢?我母亲见我痛哭,问我:"你怎么现在才回来?"我说:"儿子回来,还是幸亏收到您孙女青君的信。"我母亲瞅瞅我弟媳妇,就不说话了。

我在灵堂守灵一直到七七结束,始终没有一个人来和我商量丧事,告诉我家事的。我自己觉得做儿子的孝道已缺,因此也没脸去过问这些事。

一天,忽然有向我讨债的人登门来吵闹,我出门回答道:"欠钱不还,固然应该来催要,但是家父骨肉未寒,你们就来趁着丧事追闹,未免太过分了。"其中有个人私下跟我说:"我们都是有人叫过来的,你先躲出去,我们去跟叫我们来的人要债。"我说:"我欠的,我来还,你们先走吧!"讨债人都答应着走了。

我就叫启堂来和他说:"哥哥我虽然不肖,但也没做什么恶事,如果说是出了继降了服,我也没得一分钱的嗣产。这次回来奔丧,不过是做儿子的本分,哪是奔着争家产来的?大丈夫贵在自立,我既然一条身子回来,也会一条身子走!"说完,反身进了灵堂,不由痛哭。跟母亲磕了头,又跑去告诉青君,打算去深山里离世独居了。

青君正劝阻的时候,我的朋友夏南薰(字淡安)、夏逢泰(字揖山)兄弟俩找来了,大声劝我说:"这样的家庭,固然怪不得你动气,但是你父亲虽然去世了,母亲却还在世,妻子过世了,儿子还没成人,你就要飘然出世,心里能安定么?"我说:"那该怎么办?"淡安说:"请你委屈点暂时住我家去,听说石琢堂殿撰要告假回苏州原籍,何不等他回来后去拜访？他肯定有地方安排你。"我说："我遭凶丧还不到一百天，哥哥们家里有老人，怕是不方便。"揖山说："我兄弟俩来邀请你去，正是家父的意思。如果你一定要觉得不方便的话，我家西边有座禅寺，方丈和我交情最好，你就住到那边去，怎么样？"我答应了。

青君说："祖父遗留下来的房子财产，不少于三四千两银子，父亲既然已经分毫不取，岂能连自己的行李铺盖都不要了？我去拿来，直接送到禅寺父亲下榻的地方。"因此我于行李铺盖之外，又得到了父亲留下来的一些图书，几件砚台和笔筒。

寺僧把我安置在寺中的大悲阁。阁开门向南，向着东面设有神像，西头隔出来一个房间，装了月窗，紧靠着佛龛，是做佛事的人来吃斋饭的地方。我就在这里安了床榻，靠门口有关帝圣君的提刀立像，非常威武。院里有棵大银杏树，有三人合抱那么粗，树荫盖满了整个大悲阁，安静的夜里，风吹树叶，犹如吼声。

揖山常带了酒果来和我对饮，他说："你一个人住在这里，夜深不睡觉的时候，怕不怕？"我说："我一辈子坦诚直率,心里没有坏念头,怕个什么呢?"住了不久,下了倾盆大雨,没日没夜持续三十多天,我常怕银杏树枝干折断,压垮屋梁、屋子塌了。幸亏神灵保佑,最后也没事。而寺外面墙塌了、屋子倒掉的数不清,近处的稻田都被淹没了。我只是每天和僧人画画,对外事不见不听。

七月初,天才放晴,挥山的父亲号莼芗,要去崇明岛做生意,带了我去,帮着写交易合同,得了二十两银子酬劳。回来遇上我父亲要安葬入土,启堂命逢森来跟我说:"叔叔因为办葬事缺钱,想让父亲帮个一二十两银子。"我打算所有钱都给他,挥山不肯,分了一半钱给启堂。我带了青君先去了父亲坟上,等安葬结束了,仍然回到大悲阁。九月底,挥山有块田在东海的永泰沙,又带了我去收租子。在那边住了两个月,回来的时候已经是冬末,就搬到夏家的雪鸿草堂过了年。他对我,真是异姓弟兄了。

乙丑年七月,石琢堂才从京城回苏州老家。琢堂名韫玉,字执如,琢堂是他的号,和我是打小儿的交情。他是乾隆庚戌年的状元,放外官放了四川重庆府的知府。在白莲教之乱中,打了三年的仗,劳苦功高。他回到苏州后,和我相见甚欢,不久重阳日就带着家眷重新回四川重庆任上,邀请我一起去。我就去九妹夫陆尚吾家向母亲磕头告别——因为先父的故居此时已经归别人所有了。我母亲嘱托我说:"你弟弟是个靠不住的,你这次去要努力,重振家声,全靠你了。"逢森送我送到半路,忽然眼泪掉个不停,我就嘱咐他别送了回去吧。

船出了镇江,琢堂有位老友举人王惕夫在淮扬盐署里,便绕路去探访,我跟着一起去了,又得以去陈芸的墓上看了一次。回船后,从长江逆流而上,一路游览名胜。到了湖北的荆州时,收到琢堂升任潼关道台的消息,就留下我和他儿子敦夫以及家眷,暂时在荆州住下,琢堂轻车简从,先赶去重庆过年,然后再从成都出发,走栈道去赴任。

丙寅年二月,石家的家眷才从水路前往潼关,到了樊城登岸。路途又长花费又多,车子重、人员多,路上死了马、断了车轮,一路吃了许多苦。到了潼关不过三个月,琢堂又升了山东按察使,为着他一向两袖清风,家眷也不能跟去山东,就暂时借住在潼川书院里。十月底,才领了俸禄和养廉银,派了人来接家眷。附带捎来青君的信,我才惊闻逢森在四月里夭折了。这才记起来之前逢森送我的时候泪落不已,原来是父子的永诀!

呜呼!陈芸就这么一个儿子,也没法延续血脉啊!琢堂听了,也为我悲叹,他送了我一个妾,让我又入了温柔乡中,从此在这扰扰攘攘的人世间,又不知何时才能梦醒了。

卷 四

浪游记快

余游幕三十年来,天下所未到者,蜀中、黔中与滇南耳。惜乎轮蹄征逐,处处随人,山水怡情,云烟过眼,不过领略其大概,不能探僻寻幽也。余凡事喜独出己见,不屑随人是非,即论诗品画,莫不存人珍我弃、人弃我取之意。故名胜所在,贵乎心得,有名胜而不觉其佳者,有非名胜而自以为妙者。聊以平生所历者记之。

余年十五时,吾父稼夫公馆于山阴赵明府幕中。有赵省斋先生名传者,杭之宿儒也,赵明府延教其子,吾父命余亦拜投门下。

暇日出游,得至吼山。离城约十馀里,不通陆路。近山见一石洞,上有片石,横裂欲堕,即从其下荡舟入。豁然空其中,四面皆峭壁,俗名之曰"水园"。临流建石阁五椽,对面石壁有"观鱼跃"三字,水深不测,相传有巨鳞潜伏①。余投饵试之,仅见不盈尺者出而唼食焉②。阁后有道通旱园,拳石乱矗③,有横阔如掌者,有

---

① 巨鳞:大鱼。
② 唼(shà)食:吞食。唼,咬,吃。
③ 拳石:指园林假山。

柱石平其顶而上加大石者,凿痕犹在,一无可取。游览既毕,宴于水阁,命从者放爆竹,轰然一响,万山齐应,如闻霹雳声。此幼时快游之始。惜乎兰亭、禹陵未能一到,至今以为憾。

至山阴之明年,先生以亲老不远游,设帐于家,余遂从至杭。西湖之胜,因得畅游。结构之妙,予以龙井为最,小有天园次之。石取天竺之飞来峰,城隍山之瑞石古洞。水取玉泉,以水清多鱼,有活泼趣也。大约至不堪者,葛岭之玛瑙寺。其馀湖心亭、六一泉诸景,各有妙处,不能尽述,然皆不脱脂粉气,反不如小静室之幽僻,雅近天然。

苏小墓在西泠桥侧。土人指示,初仅半丘黄土而已。乾隆庚子圣驾南巡①,曾一询及。甲辰春,复举南巡盛典,则苏小墓已石筑其坟,作八角形,上立一碑,大书曰:"钱塘苏小小之墓。"从此吊古骚人,不须徘徊探访矣!余思古来烈魄贞魂埋没不传者,固不可胜数,即传而不久者亦不为少。小小一名妓耳,自南齐至今,尽人而知之,此殆灵气所钟,为湖山点缀耶?

桥北数武,有崇文书院,余曾与同学赵缉之投考其

---

① 乾隆庚子:乾隆四十五年,公元 1780 年。

中。时值长夏,起极早,出钱塘门,过昭庆寺,上断桥,坐石阑上。旭日将升,朝霞映于柳外,尽态极妍。白莲香里,清风徐来,令人心骨皆清。步至书院,题犹未出也。午后缴卷,偕绨之纳凉于紫云洞,大可容数十人,石窍上透日光。有人设短几矮凳,卖酒于此,解衣小酌,尝鹿脯甚妙,佐以鲜菱雪藕,微酣出洞。绨之曰:"上有朝阳台,颇高旷,盍往一游?"余亦兴发,奋勇登其巅,觉西湖如镜,杭城如丸,钱塘江如带,极目可数百里。此生平第一大观也。

坐良久,阳乌将落,相携下山,南屏晚钟动矣。韬光、云栖路远未到,其红门局之梅花,姑姑庙之铁树,不过尔尔。紫阳洞予以为必可观,而访寻得之,洞口仅容一指,涓涓流水而已。相传中有洞天,恨不能抉门而入。

清明日,先生春祭扫墓,挈余同游。墓在东岳,是乡多竹,坟丁掘未出土之毛笋,形如梨而尖,作羹供客。余甘之,尽其两碗。先生曰:"噫!是虽味美而克心血,宜多食肉以解之。"余素不贪屠门之嚼[①],至是饭量且因笋而减,归途觉烦躁,唇舌几裂。过石屋洞,不甚

---

① 屠门之嚼:指肉食。

可观。水乐洞峭壁多藤萝,入洞如斗室,有泉流甚急,其声琅琅。池广仅三尺,深五寸许,不溢亦不竭。余俯流就饮,烦躁顿解。洞外二小亭,坐其中可听泉声。衲子请观万年缸①,缸在香积厨,形甚巨,以竹引泉灌其内,听其满溢,年久结苔厚尺许,冬日不冰,故不损也。

辛丑秋八月②,吾父病疟返里,寒索火,热索冰,余谏不听,竟转伤寒,病势日重。余侍奉汤药,昼夜不交睫者几一月③。吾妇芸娘亦大病,恹恹在床。心境恶劣,莫可名状。吾父呼余嘱之曰:"我病恐不起,汝守数本书,终非糊口计,我托汝于盟弟蒋思斋,仍继吾业可耳。"越日思斋来,即于榻前命拜为师。未几,得名医徐观莲先生诊治,父病渐痊,芸亦得徐力起床,而余则从此习幕矣。此非快事,何记于此?曰:此抛书浪游之始,故记之。

思斋先生名襄。是年冬,即相随习幕于奉贤官舍。有同习幕者,顾姓名金鉴,字鸿干,号紫霞,亦苏州人也,为人慷慨刚毅,直谅不阿④,长余一岁,呼之为兄。

① 衲子:和尚。因其着百衲衣,故称。
② 辛丑:乾隆四十六年,公元1781年。
③ 不交睫:不合眼。
④ 直谅不阿:指人的性格刚直坦诚。

鸿干即毅然呼余为弟,倾心相友。此余第一知己交也。惜以二十二岁卒,余即落落寡交。今年且四十有六矣,茫茫沧海,不知此生再遇知己如鸿干者否?

忆与鸿干订交,襟怀高旷,时兴山居之想①。重九日,余与鸿干俱在苏,有前辈王小侠与吾父稼夫公唤女伶演剧,宴客吾家。余患其扰,先一日约鸿干赴寒山登高,借访他日结庐之地,芸为整理小酒榼。越日天将晓,鸿干已登门相邀。遂携榼出胥门,入面肆,各饱食。渡胥江,步至横塘枣市桥,雇一叶扁舟,到山日犹未午。舟子颇循良②,令其籴米煮饭。余两人上岸,先至中峰寺。

寺在支硎古刹之南,循道而上,寺藏深树,山门寂静,地僻僧闲,见余两人不衫不履,不甚接待。余等志不在此,未深入。归舟,饭已熟。饭毕,舟子携榼相随,嘱其子守船。由寒山至高义园之白云精舍,轩临峭壁,下凿小池,围以石栏,一泓秋水,崖悬薜荔,墙积莓苔。坐轩下,惟闻落叶萧萧,悄无人迹。

出门有一亭,嘱舟子坐此相候。余两人从石罅中

---

① 兴:产生。
② 循良:本分善良。

入,名"一线天"。循级盘旋,直造其巅①,曰"上白云",有庵已坍颓,存一危楼,仅可远眺。小憩片刻,即相扶而下。舟子曰:"登高忘携酒榼矣。"鸿干曰:"我等之游,欲觅偕隐地耳,非专为登高也。"舟子曰:"离此南行二三里,有上沙村,多人家,有隙地,我有表戚范姓居是村,盍往一游?"余喜曰:"此明末徐俟斋先生隐居处也②。有园,闻极幽雅,从未一游。"于是舟子导往。

村在两山夹道中。园依山而无石,老树多极纡回盘郁之势,亭榭窗栏,尽从朴素。竹篱茅舍,不愧隐者之居。中有皂荚亭,树大可两抱。余所历园亭,此为第一。

园左有山,俗呼鸡笼山。山峰直竖,上加大石,如杭城之瑞石古洞,而不及其玲珑。旁一青石如榻,鸿干卧其上曰:"此处仰观峰岭,俯视园亭,既旷且幽,可以开樽矣。"因拉舟子同饮,或歌或啸,大畅胸怀。

土人知余等觅地而来,误以为堪舆③,以某处有好

---

① 造:到达。
② 徐俟斋:徐枋,字昭发,号俟斋。江苏吴县人。明末清初诗人、书画家。
③ 堪舆:查看风水。

风水相告。鸿干曰:"但期合意,不论风水。"岂意竟成谶语!酒瓶既罄,各采野菊插满两鬓。

归舟,日已将没。更许抵家,客犹未散。芸私告余曰:"女伶中有兰官者,端庄可取。"余假传母命呼之入内,握其腕而睨之①,果丰颐白腻。余顾芸曰:"美则美矣,终嫌名不称实。"芸曰:"肥者有福相。"余曰:"马嵬之祸,玉环之福安在?"芸以他辞遣之出,谓余曰:"今日君又大醉耶?"余乃历述所游,芸亦神往者久之。

癸卯春,余从思斋先生就维扬之聘,始见金、焦面目。金山宜远观,焦山宜近视,惜余往来其间,未尝登眺。渡江而北,渔洋所谓"绿杨城郭是扬州"一语已活现矣!②

平山堂离城约三四里,行其途有八九里,虽全是人工,而奇思幻想,点缀天然,即阆苑瑶池、琼楼玉宇③,谅不过此。其妙处在十馀家之园亭合而为一,联络至山,气势俱贯。其最难位置处,出城入景,有一里许紧沿城郭。夫城缀于旷远重山间,方可入画,园林有此,蠢笨绝伦。而观其或亭或台、或墙或石、或竹或树,半

---

① 睨:斜着眼看,端详、注视的意思。
② 渔洋:清初著名诗人王士禛的号。
③ 阆苑、瑶池:皆为神仙所居之地。

隐半露间,使游人不觉其触目①,此非胸有丘壑者断难下手。

城尽,以虹园为首,折而向北,有石梁曰"虹桥",不知园以桥名乎?桥以园名乎?荡舟过,曰"长堤春柳",此景不缀城脚而缀于此,更见布置之妙。再折而西,垒土立庙,曰"小金山",有此一挡,便觉气势紧凑,亦非俗笔。闻此地本沙土,屡筑不成,用木排若干,层叠加土,费数万金乃成。若非商家,乌能如是。

过此有胜概楼,年年观竞渡于此。河面较宽,南北跨一莲花桥,桥门通八面,桥面设五亭,扬人呼为"四盘一暖锅"。此思穷力竭之为,不甚可取。桥南有莲心寺,寺中突起喇嘛白塔,金顶缨络,高矗云霄,殿角红墙,松柏掩映,钟磬时闻,此天下园亭所未有者。过桥见三层高阁,画栋飞檐,五采绚烂,叠以太湖石,围以白石栏,名曰"五云多处",如作文中间之大结构也。过此名"蜀冈朝旭",平坦无奇,且属附会。将及山,河面渐束,堆土植竹树,作四五曲。似已山穷水尽,而忽豁然开朗,平山之万松林已列于前矣。

① 触目:碍眼的意思。

"平山堂"为欧阳文忠公所书①。所谓淮东第五泉,真者在假山石洞中,不过一井耳,味与天泉同;其荷亭中之六孔铁井栏者,乃系假设,水不堪饮。九峰园另在南门幽静处,别饶天趣,余以为诸园之冠。康山未到,不识如何。此皆言其大概,其工巧处、精美处,不能尽述。大约宜以艳妆美人目之,不可作浣纱溪上观也。余适恭逢南巡盛典,各工告竣,敬演接驾点缀,因得畅其大观,亦人生难遇者也。

甲辰之春,余随侍吾父于吴江何明府幕中,与山阴章蘋江、武林章映牧、苕溪顾霭泉诸公同事,恭办南斗圩行宫,得第二次瞻仰天颜。一日,天将晚矣,忽动归兴。有办差小快船,双橹两桨,于太湖飞棹疾驰,吴俗呼为"出水鬻头",转瞬已至吴门桥。即跨鹤腾空,无此神爽。抵家,晚餐未熟也。

吾乡素尚繁华,至此日之争奇夺胜,较昔尤奢。灯彩眩眸,笙歌聒耳,古人所谓"画栋雕甍"、"珠帘绣幕"、"玉栏干"、"锦步障",不啻过之。余为友人东拉西扯,助其插花结彩,闲则呼朋引类,剧饮狂歌,畅怀游览,少年豪兴,不倦不疲。苟生于盛世而仍居僻壤,安

---

① 欧阳文忠公:北宋著名文学家欧阳修,死后谥号为文忠。

得此游观哉？

是年，何明府因事被议，吾父即就海宁王明府之聘。嘉兴有刘蕙阶者，长斋佞佛①，来拜吾父。其家在烟雨楼侧，一阁临河，曰"水月居"，其诵经处也，洁净如僧舍。烟雨楼在镜湖之中，四岸皆绿杨，惜无多竹。有平台可远眺，渔舟星列，漠漠平波，似宜月夜。衲子备素斋甚佳。

至海宁，与白门史心月、山阴俞午桥同事。心月一子名烛衡，澄静缄默，彬彬儒雅，与余莫逆，此生平第二知心交也。惜萍水相逢，聚首无多日耳。

游陈氏安澜园，地占百亩，重楼复阁，夹道回廊。池甚广，桥作六曲形。石满藤萝，凿痕全掩，古木千章，皆有参天之势。鸟啼花落，如入深山。此人工而归于天然者，余所历平地之假石园亭，此为第一。曾于桂花楼中张宴，诸味尽为花气所夺，惟酱姜味不变。姜桂之性老而愈辣，以喻忠节之臣，洵不虚也②。

出南门即大海，一日两潮，如万丈银堤，破海而过。船有迎潮者，潮至，反棹相向，于船头设一木招，状如长

---

① 佞佛：迷信佛教。
② 洵：确实。

柄大刀。招一捺,潮即分破,船即随招而入,俄顷始浮起,拨转船头随潮而去,顷刻百里。塘上有塔院,中秋夜曾随吾父观潮于此。循塘东约三十里,名尖山,一峰突起,扑入海中。山顶有阁,匾曰"海阔天空"。一望无际,但见怒涛接天而已。

余年二十有五,应徽州绩溪克明府之招。由武林下"江山船",过富春山,登子陵钓台①。台在山腰,一峰突起,离水十余丈。岂汉时之水竟与峰齐耶?月夜泊界口,有巡检署。"山高月小,水落石出"②,此景宛然。黄山仅见其脚,惜未一瞻面目。

绩溪城处于万山之中,弹丸小邑,民情淳朴。近城有石镜山,由山弯中曲折一里许,悬崖急湍,湿翠欲滴。渐高,至山腰,有一方石亭,四面皆陡壁。亭左石削如屏,青色光润,可鉴人形,俗传能照前生,黄巢至此,照为猿猴形,纵火焚之,故不复现。

离城十里有火云洞天,石纹盘结,凹凸巉岩,如黄鹤山樵笔意③,而杂乱无章,洞石皆深绛色。旁有一庵

---

① 子陵:严光,字子陵。东汉人。为光武帝至友。因不欲为官,隐居于富春山。后世相传该地有其垂钓之台。
② "山高月小,水落石出":语出苏轼《后赤壁赋》。
③ 黄鹤山樵:元代著名画家王蒙。浙江湖州人。曾隐居于仁和黄鹤山,故以为号。

甚幽静,盐商程虚谷曾招游设宴于此。席中有肉馒头,小沙弥眈眈旁视,授以四枚,临行以番银二圆为酬,山僧不识,推不受。告以一枚可易青钱七百余文,僧以近无易处,仍不受。乃攒凑青蚨六百文付之,始欣然作谢。

他日余邀同人携榼再往,老僧嘱曰:"曩者小徒不知食何物而腹泻,今勿再与。"可知藜藿之腹①,不受肉味,良可叹也。余谓同人曰:"作和尚者,必居此等僻地,终身不见不闻,或可修真养静。若吾乡之虎丘山,终日目所见者妖童艳妓,耳所听者弦索笙歌,鼻所闻者佳肴美酒,安得身如枯木、心如死灰哉!"

又去城三十里,名曰仁里,有花果会,十二年一举,每举各出盆花为赛。余在绩溪,适逢其会,欣然欲往,苦无轿马。乃教以断竹为杠,缚椅为轿,雇人肩之而去,同游者惟同事许策廷,见者无不讶笑。至其地,有庙,不知供何神。庙前旷处,高搭戏台,画梁方柱,极其巍焕。近视,则纸扎彩画,抹以油漆者。锣声忽至,四人抬对烛,大如断柱;八人抬一猪,大若牯牛,盖公养十二年始宰以献神。策廷笑曰:"猪固寿长,神亦齿利。

---

① 藜藿之腹:指吃惯了野菜的胃肠。藜、藿,皆野菜名。

我若为神,乌能享此。"余曰:"亦足见其愚诚也。"入庙,殿廊轩院所设花果盆玩,并不剪枝拗节,尽以苍老古怪为佳,大半皆黄山松。既而开场演剧,人如潮涌而至,余与策廷遂避去。未两载,余与同事不合,拂衣归里。

余自绩溪之游,见热闹场中①,卑鄙之状不堪入目,因易儒为贾。余有姑丈袁万九,在盘溪之仙人塘作酿酒生涯,余与施心耕附资合伙。袁酒本海贩,不一载,值台湾林爽文之乱②,海道阻隔,货积本折,不得已,仍为冯妇③。

馆江北四年,一无快游可记。迨居萧爽楼,正作烟火神仙,有表妹倩徐秀峰自粤东归,见余闲居,慨然曰:"足下待露而爨,笔耕而炊,终非久计,盍偕我作岭南游?当不仅获蝇头利也。"

芸亦劝余曰:"乘此老亲尚健,子尚壮年,与其商柴计米而寻欢,不如一劳永逸。"余乃商诸交游者,集资作本。芸亦自办绣货,及岭南所无之苏酒、醉蟹等

---

① 热闹场:此指官场。
② 林爽文:清台湾人。曾于乾隆五十一年发动起义,后被镇压。
③ 仍为冯妇:典出《孟子·尽心下》。春秋时有冯妇喜猎虎,后改业。一日,见众人逐虎,于是再次参加猎虎工作。后世遂用该典比喻重操旧业。

物。禀知堂上,于小春十日,偕秀峰由东坝出芜湖口。

长江初历,大畅襟怀。每晚舟泊后,必小酌船头。见捕鱼者罾幂不满三尺,孔大约有四寸,铁箍四角,似取易沉。余笑曰:"圣人之教虽曰'罟不用数',而如此之大孔小罾,焉能有获?"秀峰曰:"此专为网鳊鱼设也。"见其系以长绳,忽起忽落,似探鱼之有无。未几,急挽出水,已有鳊鱼枷罾孔而起矣。余始喟然曰:"可知一己之见,未可测其奥妙。"

一日,见江心中一峰突起,四无依倚。秀峰曰:"此小孤山也。"霜林中,殿阁参差,乘风径过,惜未一游。

至滕王阁,犹吾苏府学之尊经阁移于胥门之大马头,王子安序中所云不足信也。即于阁下换高尾昂首船,名"三板子",由赣关至南安登陆。值余三十诞辰,秀峰备面为寿。

越日过大庾岭,出巅一亭,匾曰"举头日近",言其高也。山头分为二,两边峭壁,中留一道如石巷。口列两碑,一曰"急流勇退",一曰"得意不可再往"。山顶有梅将军祠,未考为何朝人。所谓岭上梅花,并无一树,意者以梅将军得名梅岭耶?余所带送礼盆梅,至此将交腊月,已花落而叶黄矣。

过岭出口,山川风物便觉顿殊。岭西一山,石窍玲珑,已忘其名,舆夫曰:"中有仙人床榻。"匆匆竟过,以未得游为怅。

至南雄,雇老龙船,过佛山镇,见人家墙顶多列盆花,叶如冬青,花如牡丹,有大红、粉白、粉红三种,盖山茶花也。

腊月望,始抵省城,寓靖海门内,赁王姓临街楼屋三椽。秀峰货物皆销与当道,余亦随其开单拜客。即有配礼者,络绎取货,不旬日而余物已尽。除夕,蚊声如雷。岁朝贺节,有棉袍纱套者。不惟气候迥别,即土著人物,同一五官而神情迥异。

正月既望,有署中同乡三友拉余游河观妓,名曰"打水围",妓名"老举"。于是同出靖海门,下小艇,如剖分之半蛋而加篷焉。先至沙面,妓船名"花艇",皆对头分排,中留水巷以通小艇往来。每帮约一二十号,横木绑定,以防海风。两船之间,钉以木桩,套以藤圈,以便随潮涨落。鸨儿呼为"梳头婆",头用银丝为架,高约四寸许,空其中而蟠发于外,以长耳挖插一朵花于鬓;身披元青短袄,著元青长裤,管拖脚背;腰束汗巾,或红或绿;赤足撒鞋,式如梨园旦脚。

登其艇,即躬身笑迎。搴帏入舱,旁列椅杌,中设大炕,一门通艄后。妇呼"有客",即闻履声杂沓而出,有挽髻者,有盘辫者,傅粉如粉墙,搽脂如榴火,或红袄绿裤,或绿袄红裤,有著短袜而撮绣花蝴蝶履者,有赤足而套银脚镯者,或蹲于炕,或倚于门,双瞳闪闪,一言不发。

余顾秀峰曰:"此何为者也?"秀峰曰:"目成之后,招之始相就耳。"余试招之,果即欢容至前,袖出槟榔为敬。入口大嚼,涩不可耐,急吐之,以纸擦唇,其吐如血。合艇皆大笑。

又至军工厂,妆束亦相等,惟长幼皆能琵琶而已。与之言,对曰"咩","咩"者"何"也。余曰:"少不入广者,以其销魂耳,若此野妆蛮语,谁为动心哉?"一友曰:"潮帮妆束如仙,可往一游。"

至其帮,排舟亦如沙面。有著名鸨儿素娘者,妆束如花鼓妇。其粉头衣皆长领①,颈套项锁,前发齐眉,后发垂肩,中挽一鬏似丫髻;裹足者著裙,不裹足者短袜,亦著蝴蝶履,长拖裤管,语音可辨。而余终嫌为异服,兴趣索然。

秀峰曰:"靖海门对渡有扬帮,皆吴妆,君往,必有

① 粉头:妓女。

合意者。"一友曰:"所谓扬帮者,仅一鸨儿呼曰'邵寡妇',携一媳曰大姑,系来自扬州,余皆湖广江西人也。"因至扬帮。对面两排仅十余艇,其中人物皆云鬟雾鬓,脂粉薄施,阔袖长裙,语音了了。所谓邵寡妇者,殷勤相接。遂有一友另唤酒船,大者曰"恒舲",小者曰"沙姑艇",作东道相邀,请余择妓。

余择一雏年者,身材状貌有类余妇芸娘,而足极尖细,名喜儿。秀峰唤一妓名翠姑。余皆各有旧交。放艇中流,开怀畅饮。至更许,余恐不能自持,坚欲回寓,而城已下钥久矣①。盖海疆之城,日落即闭,余不知也。及终席,有卧吃鸦片烟者,有拥妓而调笑者。伻头各送衾枕至②,行将连床开铺。

余暗询喜儿:"汝本艇可卧否?"对曰:"有寮可居,未知有客否也。"(寮者,船顶之楼。)余曰:"姑往探之。"招小艇渡至邵船,但见合帮灯火相对如长廊,寮适无客。鸨儿笑迎,曰:"我知今日贵客来,故留寮以相待也。"余笑曰:"姥真荷叶下仙人哉!"

遂有伻头移烛相引,由舱后梯而登,宛如斗室,旁

① 下钥:指城门关闭。
② 伻(bēng)头:仆人。

一长榻,几案俱备。揭帘再进,即在头舱之顶,床亦旁设,中间方窗嵌以玻璃,不火而光满一室,盖对船之灯光也。衾帐镜奁,颇极华美。喜儿曰:"从台可以望月。"即在梯门之上叠开一窗,蛇行而出,即后梢之顶也。三面皆设短栏,一轮明月,水阔天空。纵横如乱叶浮水者,酒船也;闪烁如繁星列天者,酒船之灯也;更有小艇梳织往来,笙歌弦索之声杂以长潮之沸,令人情为之移。

余曰:"'少不入广',当在斯矣!"惜余妇芸娘不能偕游至此,回顾喜儿,月下依稀相似,因挽之下台,息烛而卧。天将晓,秀峰等已哄然至,余披衣起迎,皆责以昨晚之逃。余曰:"无他,恐公等掀衾揭帐耳!"遂同归寓。

越数日,偕秀峰游海珠寺。寺在水中,围墙若城四周,离水五尺许有洞,设大炮以防海寇,潮长潮落,随水浮沉,不觉炮门之或高或下,亦物理之不可测者。十三洋行在幽兰门之西,结构与洋画同。对渡名花地,花木甚繁,广州卖花处也。余自以为无花不识,至此仅识十之六七,询其名有《群芳谱》所未载者,或土音之不同欤?

海幢寺规模极大。山门内植榕树,大可十馀抱,阴浓如盖,秋冬不凋,柱槛窗栏皆以铁梨木为之。有菩提树,其叶似柿,浸水去皮,肉筋细如蝉翼纱,可裱小册写经。

归途访喜儿于花艇,适翠、喜二妓俱无客。茶罢欲行,挽留再三。余所属意在寮,而其媳大姑已有酒客在上,因谓邵鸰儿曰:"若可同往寓中,则不妨一叙。"邵曰:"可。"秀峰先归,嘱从者整理酒肴。余携翠、喜至寓。

正谈笑间,适郡署王懋老不期而来①,挽之同饮。酒将沾唇,忽闻楼下人声嘈杂,似有上楼之势,盖房东一佞素无赖,知余招妓,故引人图诈耳。秀峰怨曰:"此皆三白一时高兴,不合我亦从之。"余曰:"事已至此,应速思退兵之计,非斗口时也。"懋老曰:"我当先下说之。"

余念唤仆速雇两轿,先脱两妓,再图出城之策。闻懋老说之不退,亦不上楼。两轿已备,余仆手足颇捷,令其向前开路,秀峰挽翠姑继之,余挽喜儿于后,一哄而下。秀峰、翠姑得仆力已出门去,喜儿为横手所拿,余急起腿,中其臂,手一松而喜儿脱去,余亦乘势脱身

① 不期:未约定,偶然。

出。余仆犹守于门,以防追抢。急问之曰:"见喜儿否?"仆曰:"翠姑已乘轿去,喜娘但见其出,未见其乘轿也。"余急燃炬,见空轿犹在路旁。急追至靖海门,见秀峰侍翠轿而立,又问之,对曰:"或应投东,而反奔西矣。"急反身,过寓十馀家,闻暗处有唤余者,烛之,喜儿也,遂纳之轿,肩而行。

秀峰亦奔至,曰:"幽兰门有水窦可出①,已托人贿之启钥,翠姑去矣,喜儿速往!"余曰:"君速回寓退兵,翠、喜交我!"至水窦边,果已启钥,翠先在。余遂左掖喜,右挽翠,折腰鹤步②,跟跄出窦。天适微雨,路滑如油,至河干沙面③,笙歌正盛。小艇有识翠姑者,招呼登舟。始见喜儿首如飞蓬,钗环俱无有。余曰:"被抢去耶?"喜儿笑曰:"闻此皆赤金,阿母物也,妾于下楼时已除去,藏于囊中。若被抢去,累君赔偿耶。"余闻言,心甚德之,令其重整钗环,勿告阿母,托言寓所人杂,故仍归舟耳。翠姑如言告母,并曰:"酒菜已饱,备粥可也。"

时寮上酒客已去,邵鸨儿命翠亦陪余登寮。见两

---

① 窦:洞。
② 折腰:弓着腰。鹤步:踮着脚走路。
③ 河干:河岸。

对绣鞋泥污已透。三人共粥,聊以充饥。剪烛絮谈,始悉翠籍湖南,喜亦豫产,本姓欧阳,父亡母醮,为恶叔所卖。翠姑告以迎新送旧之苦,心不欢必强笑,酒不胜必强饮,身不快必强陪,喉不爽必强歌。更有乖张其性者,稍不合意,即掷酒翻案,大声辱骂,假母不察,反言接待不周。又有恶客彻夜蹂躏,不堪其扰。喜儿年轻初到,母犹惜之。不觉泪随言落,喜儿亦默然涕泣。余乃挽喜入怀,抚慰之。嘱翠姑卧于外榻,盖因秀峰交也。

自此或十日或五日,必遣人来招,喜或自放小艇,亲至河干迎接。余每去必偕秀峰,不邀他客,不另放艇。一夕之欢,番银四圆而已。秀峰今翠明红,俗谓之跳槽,甚至一招两妓。余则惟喜儿一人,偶独往,或小酌于平台,或清谈于寮内,不令唱歌,不强多饮,温存体恤,一艇怡然,邻妓皆羡之。有空闲无客者,知余在寮,必来相访。合帮之妓,无一不识,每上其艇,呼余声不绝,余亦左顾右盼,应接不暇,此虽挥霍万金所不能致者。

余四月在彼处,共费百馀金,得尝荔枝鲜果,亦生平快事。后鸨儿欲索五百金强余纳喜,余患其扰,遂图归计。秀峰迷恋于此,因劝其购一妾,仍由原路返吴。明年,秀峰再往,吾父不准偕游,遂就青浦杨明府之聘。

及秀峰归,述及喜儿因余不往,几寻短见。噫!"半年一觉扬帮梦,赢得花船薄倖名"矣。

余自粤东归来,馆青浦两载,无快游可述。未几,芸、憨相遇,物议沸腾,芸以激愤致病。余与程墨安设一书画铺于家门之侧,聊佐汤药之需①。

中秋后二日,有吴云客偕毛忆香、王星烂邀余游西山小静室,余适腕底无闲②,嘱其先往。吴曰:"子能出城,明午当在山前水踏桥之来鹤庵相候。"余诺之。

越日,留程守铺,余独步出阊门。至山前,过水踏桥,循田塍而西,见一庵南向,门带清流。剥啄问之③,应曰:"客何来?"余告之。笑曰:"此'得云'也,客不见匾额乎?'来鹤'已过矣!"余曰:"自桥至此,未见有庵。"其人回指曰:"客不见土墙中森森多竹者,即是也。"

余乃返至墙下,小门深闭,门隙窥之,短篱曲径,绿竹猗猗,寂不闻人语声。叩之,亦无应者。一人过,曰:"墙穴有石,敲门具也。"余试连击,果有小沙弥出应。余即循径入,过小石桥,向西一折,始见山门悬黑漆额,粉书"来鹤"二字,后有长跋,不暇细观。入门经韦陀

---

① 佐:助,补充。
② 腕底无闲:指写字画画很忙。
③ 剥啄:本为象声词,为敲门之声。这里做动词用,指敲门。

殿,上下光洁,纤尘不染,知为小静室。忽见左廊又一小沙弥奉壶出,余大声呼问,即闻室内星烂笑曰:"何如?我谓三白决不失信也!"旋见云客出迎,曰:"候君早膳,何来之迟?"一僧继其后,向余稽首,问知为竹逸和尚。入其室,仅小屋三椽,额曰"桂轩",庭中双桂盛开。星烂、忆香群起嚷曰:"来迟罚三杯!"席上荤素精洁,酒则黄白俱备。余问曰:"公等游几处矣?"云客曰:"昨来已晚,今晨仅到得云河亭耳。"欢饮良久。

饭毕,仍自得云河亭共游八九处,至华山而止,各有佳处,不能尽述。华山之顶有莲花峰,以时欲暮,期以后游。桂花之盛,至此为最,就花下饮清茗一瓯,即乘山舆径回来鹤。

桂轩之东,另有临洁小阁,已杯盘罗列。竹逸寡言静坐,而好客善饮。始则折桂催花,继则每人一令,二鼓始罢。

余曰:"今夜月色甚佳,即此酣卧,未免有负清光,何处得高旷地,一玩月色,庶不虚此良夜也?"竹逸曰:"放鹤亭可登也。"云客曰:"星烂抱得琴来,未闻绝调,到彼一弹何如?"乃偕往。但见木犀香里,一路霜林[1],

---

[1] 霜林:比喻树林在月光下泛白,如同着了霜一样。

月下长空,万籁俱寂。星烂弹《梅花三弄》,飘飘欲仙。忆香亦兴发,袖出铁笛,呜呜而吹之。云客曰:"今夜石湖看月者,谁能如吾辈之乐哉?"盖吾苏八月十八日石湖行春桥下,有看串月胜会,游船排挤,彻夜笙歌,名虽看月,实则挟妓哄饮而已。未几,月落霜寒,兴阑归卧。

明晨,云客谓众曰:"此地有无隐庵,极幽僻,君等有到过者否?"咸对曰:"无论未到,并未尝闻也。"竹逸曰:"无隐四面皆山,其地甚僻,僧不能久居。向年曾一至,已坍废。自尺木彭居士重修后,未尝往焉,今犹依稀识之。如欲往游,请为前导。"忆香曰:"枵腹去耶?"竹逸笑曰:"已备素面矣,再令道人携酒盒相从也。"面毕,步行而往。过高义园,云客欲往白云精舍,入门就坐。一僧徐步出,向云客拱手曰:"违教两月①,城中有何新闻?抚军在辕否②?"忆香忽起曰:"秃!"拂袖径出。余与星烂忍笑随之。云客、竹逸酬答数语,亦辞出。

高义园即范文正公墓,白云精舍在其旁。一轩面

---

① 违教:不能得到指教。这是久别未曾见面的客气话。
② 辕:衙署。

壁,上悬藤萝,下凿一潭,广丈许,一泓清碧,有金鳞游泳其中,名曰"钵盂泉"。竹炉茶灶,位置极幽。轩后于万绿丛中,可瞰范园之概。惜衲子俗,不堪久坐耳。是时由上沙村过鸡笼山,即余与鸿干登高处也。风物依然,鸿干已死,不胜今昔之感。

正惆怅间,忽流泉阻路不得进,有三五村童掘菌子于乱草中,探头而笑,似讶多人之至此者。询以无隐路,对曰:"前途水大不可行,请返数武,南有小径,度岭可达。"

从其言,度岭南行里许,渐觉竹树丛杂,四山环绕,径满绿茵,已无人迹。竹逸徘徊四顾曰:"似在斯,而径不可辨,奈何?"余乃蹲身细瞩,于千竿竹中隐隐见乱石墙舍,径拨丛竹间,横穿入觅之,始得一门,曰"无隐禅院,某年月日南园老人彭某重修",众喜曰:"非君则武陵源矣[1]!"

山门紧闭,敲良久,无应者。忽旁开一门,呀然有声,一鹑衣少年出[2],面有菜色,足无完履,问曰:"客何

---

[1] 武陵源:用陶渊明《桃花源记》中的典故。相传晋代有一武陵渔人曾偶至桃花源,惊为世外仙境。归后以其事告之太守,太守遣人随其往探,因迷路,未得再至。武陵源即桃花源。

[2] 鹑衣:衣裳破旧,打满了补丁。

为者?"竹逸稽首曰:"慕此幽静,特来瞻仰。"少年曰:"如此穷山,僧散无人接待,请觅他游。"言已,闭门欲进。云客急止之,许以启门放游,必当酬谢。少年笑曰:"茶叶俱无,恐慢客耳,岂望酬耶?"

山门一启,即见佛面,金光与绿阴相映,庭阶石础,苔积如绣,殿后台级如墙,石栏绕之。循台而西,有石形如馒头,高二丈许,细竹环其趾。再西折北,由斜廊蹑级而登,客堂三楹紧对大石。石下凿一小月池,清泉一派,荇藻交横。堂东即正殿,殿左西向为僧房厨灶,殿后临峭壁,树杂阴浓,仰不见天。星烂力疲,就池边小憩,余从之。将启盒小酌,忽闻忆香音在树杪,呼曰:"三白速来,此间有妙境!"仰而视之,不见其人,因与星烂循声觅之。由东厢出一小门,折北,有石蹬如梯,约数十级,于竹坞中瞥见一楼。又梯而上,八窗洞然,额曰"飞云阁"。四山抱列如城,缺西南一角,遥见一水浸天,风帆隐隐,即太湖也。倚窗俯视,风动竹梢,如翻麦浪。忆香曰:"何如?"余曰:"此妙境也。"忽又闻云客于楼西呼曰:"忆香速来,此地更有妙境!"因又下楼,折而西十馀级,忽豁然开朗,平坦如台。度其地,已在殿后峭壁之上,残砖缺础尚存,盖亦昔日之殿基也。周望环山,较阁更畅。忆香对太湖长啸一声,则群山齐应。乃席地开樽,忽愁枵腹,少年欲烹焦饭代茶,随令改茶为粥,邀与同啖。

询其何以冷落至此,曰:"四无居邻,夜多暴客,积粮时来强窃,即植蔬果,亦半为樵子所有。此为崇宁寺下院,长厨中月送饭干一石、盐菜一坛而已。某为彭姓裔,暂居看守,行将归去,不久当无人迹矣。"云客谢以番银一圆。

返至来鹤,买舟而归。余绘《无隐图》一幅,以赠竹逸,志快游也。

是年冬,余为友人作中保所累,家庭失欢,寄居锡山华氏。明年春,将之维扬,而短于资,有故人韩春泉在上洋幕府,因往访焉。衣敝履穿,不堪入署,投札约晤于郡庙园亭中。及出见,知余愁苦,慨助十金。园为洋商捐施而成,极为阔大,惜点缀各景,杂乱无章,后叠山石,亦无起伏照应。

归途忽思虞山之胜,适有便舟附之。时当春仲,桃李争妍,逆旅行踪,苦无伴侣,乃怀青铜三百,信步至虞山书院。墙外仰瞩,见丛树交花,娇红稚绿,傍水依山,极饶幽趣,惜不得其门而入。问途以往,遇设篷瀹茗者,就之,烹碧罗春,饮之极佳。

询虞山何处最胜? 一游者曰:"从此出西关,近剑门,亦虞山最佳处也,君欲往,请为前导。"余欣然从之。

出西门,循山脚,高低约数里,渐见山峰屹立,石作横纹,至则一山中分,两壁凹凸,高数十仞,近而仰视,势将倾堕。其人曰:"相传上有洞府,多仙景,惜无径可登。"余兴发,挽袖卷衣,猿攀而上,直造其巅。所谓洞府者,深仅丈许,上有石罅,洞然见天。俯首下视,腿软欲堕。乃以腹面壁,依藤附蔓而下。

其人叹曰:"壮哉! 游兴之豪,未见有如君者。"余口渴思饮,邀其人就野店沽饮三杯。阳乌将落,未得遍游,拾赭石十馀块,怀之归寓,负笈搭夜航至苏,仍返锡山。此余愁苦中之快游也。

嘉庆甲子春,痛遭先君之变,行将弃家远遁,友人夏揖山挽留其家。秋八月,邀余同往东海永泰沙勘收花息①。沙隶崇明,出刘河口,航海百馀里。新涨初辟②,尚无街市。茫茫芦荻,绝少人烟,仅有同业丁氏仓房数十椽,四面掘沟河,筑堤栽柳绕于外。

丁字实初,家于崇,为一沙之首户。司会计者姓

---

① 花息:利息。
② 新涨:指泥沙沉积成沙洲不久。

王,俱豪爽好客,不拘礼节,与余乍见即同故交。宰猪为馔,倾瓮为饮。令则拇战,不知诗文;歌则号呶,不讲音律。酒酣,挥工人,舞拳相扑为戏。蓄牯牛百余头,皆露宿堤上。养鹅为号,以防海贼。日则驱鹰犬猎于芦丛沙渚间,所获多飞禽。余亦从之驰逐,倦则卧。引至园田成熟处,每一字号圈筑高堤,以防潮汛。堤中通有水窦,用闸启闭,旱则长潮时启闸灌之,潦则落潮时开闸泄之。佃人皆散处如列星,一呼俱集,称业户曰"产主",唯唯听命,朴诚可爱。而激之非义,则野横过于狼虎;幸一言公平,率然拜服。风雨晦明,恍同太古。卧床外瞩,即睹洪涛,枕畔潮声,如鸣金鼓①。

一夜,忽见数十里外有红灯大如栲栳②,浮于海中,又见红光烛天,势同失火,实初曰:"此处起现神灯神火,不久又将涨出沙田矣。"揖山兴致素豪,至此益放。余更肆无忌惮,牛背狂歌,沙头醉舞,随其兴之所至,真生平无拘之快游也。事竣,十月始归。

吾苏虎丘之胜,余取后山之千顷云一处,次则剑池而已,余皆半借人工,且为脂粉所污,已失山林本相。

---

① 金:指铙钹一类的打击乐器。
② 栲栳:用柳条或竹篾编成的盛放东西的容器。

即新起之白公祠、塔影桥,不过留名雅耳。其冶坊滨余戏改为"野芳滨",更不过脂乡粉队,徒形其妖冶而已。其在城中最著名之狮子林,虽曰云林手笔,且石质玲珑,中多古木,然以大势观之,竟同乱堆煤渣,积以苔藓,穿以蚁穴,全无山林气势。以余管窥所及,不知其妙。

灵岩山,为吴王馆娃宫故址,上有西施洞、响屧廊、采香径诸胜,而其势散漫,旷无收束,不及天平、支硎之别饶幽趣。

邓尉山一名元墓,西背太湖,东对锦峰,丹崖翠阁,望如图画。居人种梅为业,花开数十里,一望如积雪,故名"香雪海"。山之左有古柏四树,名之曰"清、奇、古、怪"。清者,一株挺直,茂如翠盖;奇者,卧地三曲,形同"之"字;古者,秃顶扁阔,半朽如掌;怪者,体似旋螺,枝干皆然。相传汉以前物也。

乙丑孟春,揖山尊人莼芗先生偕其弟介石,率子侄四人,往蕨山家祠春祭,兼扫祖墓,招余同往。顺道先至灵岩山,出虎山桥,由费家河进香雪海观梅,蕨山祠宇即藏于香雪海中。时花正盛,咳吐俱香,余曾为介石画《蕨山风木图》十二册。

是年九月,余从石琢堂殿撰赴四川重庆府之任,溯长江而上,舟抵皖城。皖山之麓,有元季忠臣余公之墓,墓侧有堂三楹,名曰"大观亭",面临南湖,背倚潜山。亭在山脊,眺远颇畅。旁有深廊,北窗洞开。时值霜叶初红,烂如桃李。同游者为蒋寿朋、蔡子琴。

南城外又有王氏园,其地长于东西,短于南北,盖北紧背城,南则临湖故也。既限于地,颇难位置,而观其结构,作重台叠馆之法。重台者,屋上作月台为庭院,叠石栽花于上,使游人不知脚下有屋。盖上叠石者则下实,上庭院者则下虚,故花木仍得地气而生也。叠馆者,楼上作轩,轩上再作平台。上下盘折,重叠四层,且有小池,水不漏泄,竟莫测其何虚何实。其立脚全用砖石为之,承重处仿照西洋立柱法。幸面对南湖,目无所阻,骋怀游览,胜于平园,真人工之奇绝者也。

武昌黄鹤楼在黄鹄矶上,后拖黄鹄山,俗呼为蛇山。楼有三层,画栋飞檐,倚城屹峙,面临汉江,与汉阳晴川阁相对。余与琢堂冒雪登焉,仰视长空,琼花飞舞,遥指银山玉树,恍如身在瑶台。江中往来小艇,纵横掀播,如浪卷残叶,名利之心至此一冷。壁间题咏甚多,不能记忆,但记楹对有云:"何时黄鹤重来,且共倒金樽,浇洲渚千年芳草;但见白云飞去,更谁吹玉笛,落江城五月梅花。"

黄州赤壁在府城汉川门外,屹立江滨,截然如壁,石皆绛色,故名焉。《水经》谓之赤鼻山,东坡游此作二赋,指为吴、魏交兵处,则非也。壁下已成陆地,上有二赋亭。

是年仲冬抵荆州,琢堂得升潼关观察之信,留余住荆州,余以未得见蜀中山水为怅。时琢堂入川,而哲嗣敦夫眷属及蔡子琴、席芝堂俱留于荆州,居刘氏废园。余记其厅额曰"紫藤红树山房"。庭阶围以石栏,凿方池一亩,池中建一亭,有石桥通焉。亭后筑土垒石,杂树丛生,馀多旷地,楼阁俱倾颓矣。

客中无事,或吟或啸,或出游,或聚谈。岁暮虽资斧不继,而上下雍雍,典衣沽酒,且置锣鼓敲之。每夜必酌,每酌必令,窘则四两烧刀①,亦必大施觞政。

遇同乡蔡姓者,蔡子琴与叙宗系,乃其族子也,倩其导游名胜。至府学前之曲江楼,昔张九龄为长史时②,赋诗其上。朱子亦有诗曰③:"相思欲回首,但上曲江楼。"城上又有雄楚楼,五代时高氏所建。规模雄峻,极目可数百里。绕城傍水,尽植垂杨,小舟荡桨往

---

① 烧刀:又叫烧刀子,白干酒。
② 张九龄:唐代著名诗人。曾任荆州长史。
③ 朱子:指宋代著名思想家朱熹。

来,颇有画意。荆州府署即关壮缪帅府①,仪门内有青石断马槽,相传即赤兔马食槽也。访罗含宅于城西小湖上②,不遇,又访宋玉故宅于城北③。昔庾信遇侯景之乱④,遁归江陵,居宋玉故宅,继改为酒家,今则不可复识矣。

是年大除,雪后极寒,献岁发春,无贺年之扰,日惟燃纸炮、放纸鸢、扎纸灯以为乐。既而风传花信,雨濯春尘,琢堂诸姬携其少女幼子顺川流而下,敦夫乃重整行装,合帮而走。由樊城登陆,直赴潼关。

由山南阌乡县西出函谷关,有"紫气东来"四字,即老子乘青牛所过之地。两山夹道,仅容二马并行,约十里即潼关。左背峭壁,右临黄河,关在山河之间,扼喉而起,重楼垒垛,极其雄峻。而车马寂然,人烟亦稀。昌黎诗曰"日照潼关四扇开",殆亦言其冷落耶?

城中观察之下,仅一别驾⑤。道署紧靠北城,后有

---

① 关壮缪:关羽,字云长。三国时人。卒后谥壮缪侯。
② 罗含:晋耒阳人。为桓温所重。致仕后在荆州城西建屋而居,阶前遍植兰菊。
③ 宋玉:战国时楚国著名诗人。著有《九辩》等作品。
④ 庾信:字子山。南阳新野人。南北朝著名文学家。梁朝时任建康令。侯景之乱中,曾奉命抵御,兵败后自建康奔至江陵,居于荆州。后奉命出使西魏,被留长安。北周代魏,官至骠骑大将军开府仪同三司。后卒于北方。
⑤ 观察、别驾:皆官职名。

园圃,横长约三亩。东西凿两池,水从西南墙外而入,东流至两池间,支分三道:一向南至大厨房,以供日用;一向东,入东池;一向北折西,由石螭口中喷入西池①,绕至西北,设闸泄泻,由城脚转北,穿窦而出,直下黄河,日夜环流,殊清人耳。竹树阴浓,仰不见天。西池中有亭,藕花绕左右。东有面南书室三间,庭有葡萄架,下设方石,可弈可饮,以外皆菊畦。西有面东轩屋三间,坐其中可听流水声。轩南有小门可通内室。轩北窗下另凿小池,池之北有小庙,祀花神。园正中筑三层楼一座,紧靠北城,高与城齐,俯视城外即黄河也。河之北,山如屏列,已属山西界。真洋洋大观也!

余居园南,屋如舟式。庭有土山,上有小亭,登之可览园中之概,绿阴四合,夏无暑气。琢堂为余颜其斋曰"不系之舟"。此余幕游以来第一好居室也。土山之间,艺菊数十种②,惜未及含苞,而琢堂调山左廉访矣。眷属移寓潼川书院,余亦随往院中居焉。

琢堂先赴任,余与子琴、芝堂等,无事辄出游。乘骑至华阴庙,过华封里,即尧时三祝处。庙内多秦槐汉

---

① 石螭:石头雕的没有角的龙。螭,无角之龙。
② 艺:种植。

柏,大皆三四抱,有槐中抱柏而生者,柏中抱槐而生者。殿廷古碑甚多,内有陈希夷书"福"、"寿"字①。华山之脚有玉泉院,即希夷先生化形骨蜕处。有石洞如斗室,塑先生卧像于石床。其地水净沙明,草多绛色,泉流甚急,修竹绕之。洞外一方亭,额曰"无忧亭"。旁有古树三株,纹如裂炭,叶似槐而色深,不知其名。土人即呼曰"无忧树"。太华之高不知几千仞,惜未能裹粮往登焉。归途见林柿正黄,就马上摘之,土人呼止弗听,嚼之涩甚,急吐去。下骑觅泉漱口,始能言,土人大笑。盖柿须摘下煮一沸,始去其涩,余不知也。

十月初,琢堂自山东专人来接眷属。遂出潼关,由河南入鲁。

山东济南府城内,西有大明湖,其中有历下亭、水香亭诸胜。夏月柳阴浓处,菡萏香来②,载酒泛舟,极有幽趣。余冬日往视,但见衰柳寒烟,一水茫茫而已。趵突泉为济南七十二泉之冠,泉分三眼,从地底怒涌突起,势如胜沸。凡泉皆从上而下,此独从下而上,亦一奇也。池上有楼,供吕祖像,游者多于此品茶焉。明年

① 陈希夷:即陈抟。北宋人,相传于华山成仙。
② 菡萏:荷花。

二月,余就馆莱阳。至丁卯秋,琢堂降官翰林,余亦入都。所谓登州海市①,竟无从一见。

① 海市:即海市蜃楼。

今译 我四处当了三十年的幕僚,遍天下只有四川、贵州和云南没去过。可惜所去之地,乘车骑马,往来奔驰,都为工作所限,不能尽兴。山水虽美,匆匆而过,只能说是看个大略,而不能尽兴寻觅幽境。我凡事都爱有自己的看法,不屑于听从别人的判断。就论诗赏画来说,常有个别人珍爱的我看不上,别人厌弃的我反而喜欢的意思。所以所谓名胜之地,完全在于自己心头好,既有传为名胜而我不觉得好的,也有没什么名气但我觉得妙的,这里姑且记录一些我平生所游历的地方。

我十五岁时,家父稼夫公在绍兴赵知县的府衙中当幕僚。有位杭州名儒赵省斋先生,名传,赵知县聘请他来教儿子,家父命我也拜在赵先生门下。

休息日出去游玩,去过吼山。吼山离绍兴城十多里,陆路走不通。乘船近山,便见到一个石洞,上面有片大石头,中间裂开,摇摇欲坠,就从那下面泛舟而入。进去之后只见四面豁然,四周都是峭壁。当地人管这里叫做"水园"。靠水边建有五间石阁,对着石阁的石壁上题有"观鱼跃"三个字。水深不可测,相传深处潜藏着大鱼。我试着投下饵料,只有不到一尺长的鱼儿出来吞食。石阁后有条小道通向旱园,一路上山石高高耸起,有横阔像手掌的;有一根石柱,顶上平坦,上面另外有块大石头的,开山采石的凿痕明显,一无可取。游览之后,在水阁中开宴,命从仆放爆竹。一声轰响,万山一齐回应,仿佛霹雳雷鸣。这次吼山之游是我儿时游览之始,可惜兰亭和禹陵都没能去,至今都觉得遗憾。

到绍兴的第二年,赵先生因为父母年老,自己不再远游,改在家里授徒。我就跟着去了杭州,西湖的美景,从此得以畅游。杭州的风景名胜之地中,结构最美的,我认为是龙井,其次是小有天园。山石中最美的数天竺的飞来峰,城隍山的瑞石古洞。水的话我最喜欢玉泉,因为水清而鱼多,有活泼的趣味。最糟糕的是葛岭的玛瑙寺。其他像湖心亭、六一泉这些景致,各有各自的妙处,一时也说不完,不过都不脱脂粉气,反而不如小静室幽静僻远,有近于自然的雅趣。

苏小小墓在西泠桥边。当地人指点说,这墓起初不过一抔黄土,乾隆庚子年,皇上南巡杭州,曾经问起过。甲辰年春天,再次举行南巡盛典时,苏小小墓已经筑起了八角形的石坟,坟前立了一块碑,大字题着:"钱塘苏小小之墓"。从此怀古的诗人,再不用到处徘徊探寻了。我想自古以来忠臣烈士,名字湮没没有流传下来的,数也数不清,就是载于史册而未能传久的也不少;苏小小不过是个名妓,但从南齐一直到现在,人人皆知,大概是由于她是天地灵气所钟,这坟又是湖山的好点缀的缘故罢。

西泠桥桥北没几步就是崇文书院,我曾经和同学赵缉之去投考过。当时正是夏日天长,我们极早便起床,一路出钱塘门,经过昭庆寺,登上断桥。坐在桥的石栏杆上,只见朝阳将升,柳外朝霞,风景极其妍丽。白莲花的香气随着清风徐徐而至,令人心中一片清爽。走到书院里,题目还没发下来。午后交了卷,和赵缉之去紫云洞乘凉,洞里能容得下几十号人,顶上有小石洞漏下日光。有人在洞里摆了矮桌椅卖酒,我们脱了外衣小酌,吃到鹿肉脯,味道很好,下酒的还有新鲜菱角和雪藕。喝到微醺时出洞,赵缉之说:"上面有朝阳台,很是高旷,何不去逛逛?"我也来了兴致,奋力登到山顶,只见西湖如镜,杭州城小如弹丸,钱塘江如带,极目远望,可见数百里之遥。这真是平生以来数第一的登临之盛。

坐了很久,斜阳将落,我们俩互相扶携着下山,南屏山的晚钟已经敲响了。韬光寺和云栖寺因为路远,我们没去。其他像红门局的梅花,姑姑庙的铁树,不过如此罢了。紫阳洞我本以为必有可观,结果一路询问找到,洞口只有一指头宽,有流水涓涓而出,如此而已。相传紫阳洞里面别有洞天,我恨不得能破开一道石门进去看看。

清明节,赵先生去乡下祭扫坟墓,带我同行。墓在东岳,这乡间竹子多,看坟的人挖了没出土的毛竹笋,像梨子而有尖头,用这笋子做汤待客。我觉得好吃,一口气喝了两碗。赵先生说:"哎,这东西虽然味美,但是有损心头血气,应该多吃点肉来中和一下。"我素来不爱吃荤腥,这次又因为吃多了笋子,饭量也减了,就没吃肉。回去的路上就觉得心烦气躁,嘴唇舌头几乎皴裂。路上经过石屋洞,没什么可看的。水乐洞的峭壁上有许多藤萝,洞里进去像个小小的房间,有泉水流得很急,泉声琅琅。水池只有三尺见方,水深大约五寸,水不外溢也不枯竭。我俯身喝了泉水，烦躁感一下子就消除了。水乐洞外有两个小亭，坐在里面可以听见泉声。水乐寺的和尚请我们参观万年缸，缸在寺院的香积厨里，非常大。用竹筒引泉水注入缸内，水满了任其溢出。年深月久，缸上青苔有一尺厚。这缸冬天也不结冰，所以不会坏。

辛丑年秋八月，家父因为生了疟疾而回家养病。病中发寒战就要添炉火，发热了又要冰，我劝诫也不听，最后转成了伤寒症，病状日益严重。我侍奉汤药，日夜不合眼快一个月。我妻子芸娘也重病，恹恹卧床。当时我心情恶劣之极，没法说得清。家父叫了我去嘱咐道："我的病怕是不行了，你守着几本书，到底不能养家糊口。我已经把你托付给了结盟的弟兄蒋思斋，将来你还是继承我当师爷罢。"第二天蒋思斋来了，父亲就命令我在他床前拜思斋先生为师。不久，父亲的病得到名医徐观莲先生的诊治，渐渐痊愈，陈芸也因为徐先生的医治而能起床活动了。而我从此踏上了学习当幕僚的路。这不是件让人愉快的事，为什么我记在这里？答：这是我抛弃读书应举，开始漫游生涯的开始，所以记下来。

思斋先生名蒋襄,这年冬天,我就跟着他到奉贤县县衙中去学习为幕之术。有位和我一起学习的,姓顾,名金鉴,字鸿干,号紫霞,也是苏州人。他为人慷慨大方,直爽刚毅,十分坦诚。比我大一岁,我管他叫兄长,鸿干就毅然管我叫弟弟,从此两人倾心相交。顾鸿干是我生平第一知己,可惜二十二岁上就去世了,从此我一辈子孤独寂寞,少有友人。今年我已经四十六岁了,茫茫世间,不知道这辈子还能再遇到顾鸿干那样的知己吗?

回忆当年我和顾鸿干结交,两人胸怀旷达,经常有隐居山中的想法。重阳那天,我和鸿干都在苏州,有位前辈王小侠先生,和家父稼夫公在我家摆酒宴客,请了女戏班子。我嫌烦扰,头一天就约了鸿干去寒山登高,顺便访踏一下将来入山隐居盖房子的地方。芸娘为我收拾了酒具食盒。第二天天将亮,鸿干已经来我家叫我。于是我们带着酒具食盒出了胥门,进了家面馆吃了一饱。渡过胥江后,步行到横塘的枣市桥,雇了艘小船,到了寒山时还没到中午。船夫老实温顺,我叫他买米来煮饭。我和鸿干上岸,先到中峰寺。

中峰寺在支硎古刹的南边,我们沿着路往上走,寺庙藏于深深的树林中。山门一片幽静,地方僻远,和尚也悠闲,见我们俩穿着普通,不怎么招呼我们。我们本就不打算细游中峰寺,就没往寺中去。回到船中,饭已煮好。饭后,船夫嘱咐他儿子看船,自己提着酒具食盒跟着我们上岸。我们从寒山一直走到高义园的白云精舍。这里有高轩,下临峭壁,下面开凿有小池塘,四面围着石栏杆。静静的一池秋水,四周崖壁上悬着薜荔藤,墙角苔藓很深。坐在轩下,悄无人声,只听到落叶萧萧。

出门外,有个亭子,我们让船夫坐在这里等我们,自己从山石夹缝中往上走。这里叫做"一线天",我们沿着石阶盘旋而上,一直走到顶。顶名"上白云",有个庵,已经破败塌掉了,只留下一个破烂小棚子,可以远眺。我们休息了一会儿,互相扶着下山。船夫说:"您们登高忘了带酒了。"鸿干说:"我们来玩是为了找块地方将来隐居,不光是为了重阳登高。"船夫说:"从这里往南二三里,有个上沙村,居民不少,有空地。我有个表亲范家住在这村里,要不要去逛逛?"我高兴地说:"那是晚明徐俟斋先生的隐居之所,听说有个园子极其幽雅,倒是从来没去过。"于是船夫带我们去。

村子在两山间夹道之中。徐家的园子靠着山,但不设石景,园中老树大多树干盘旋,郁郁苍苍。园中的亭榭窗栏都很朴素,竹篱笆,茅草屋,不愧是隐者所居。园中有皂荚亭,树有两人合抱那么粗,我所游历过的园亭,要数这里为第一。

园子左面有山,本地人叫它鸡笼山。山峰笔直,上面横着大石头,好像杭州的瑞石古洞,只不及瑞石古洞玲珑秀致。边上有块青石平整如矮榻,鸿干躺到上面说:"这里抬头可望山峰群岭,俯视可看园亭,又开旷又幽静,酒可以拿出来喝了。"于是拉着船夫一起喝酒,又是唱又是长啸,胸中大是欢畅。

当地人听说我们来访地,误以为我们是看坟的风水先生,告诉我们哪里哪里有好风水。鸿干说:"只要合意,不论风水。"岂料这句话竟然成了谶语!喝光了酒,各自采了野菊花,满满插了两鬓。

乘船回来,夕阳将沉。到了一更多到家,来看戏的客人还没散。陈芸私下跟我说:"有个叫兰官的女伶，很是端庄惹人爱。"我假传我母亲的意思叫了兰官来内室，拉着她的手腕细细看来，果然丰腴，肌肤白腻。我回头对陈芸说："美是美了，到底不配她的名字。"陈芸说："胖一点的女子有福气。"我说："马嵬坡的灾难，杨玉环的福气又在哪里呢？"陈芸找了个借口把兰官打发走，回头对我说："今天您又喝醉了？"我把白天所游之地一一讲给陈芸听，陈芸听了不胜向往，发了半日的呆。

癸卯年的春天，我跟着思斋先生到扬州去就业。这才见到金山、焦山的真面目。金山适宜远眺，焦山适宜近处欣赏，可惜我来往之间，没能够登临远眺。渡过长江往北，王渔洋所赞的"绿杨城郭是扬州"的词中境界，已经鲜活在眼前。

平山堂离扬州城大约三四里远，一路游览走来有八九里路，虽然都是人工打造的风景，但是奇思妙想，点缀天然风物，就是神仙世界的阆苑瑶池、琼楼玉宇，也不过如此罢。这一路风景的妙处，在于十来家的私家园林，合而为一，一路绵延不绝直到蜀冈，气势连贯。其中最难设计安排的地方，是出城之后，有一里多路的园林紧紧靠着外城墙。平时都说城市一定要遥遥点缀在旷远的群山之中,方才有画意。如果在园林中加上城墙,就蠢笨无比了。但是看平山堂路上园林的安排,或是设亭子,或是设露台,或是加上花墙,或是用太湖石,或安排丛竹,或安排树木,总之使城墙半隐半露,让游人不觉得它刺眼。这种设计,不是胸中大有丘壑的造园家,绝对难以下手安排。

到了城墙尽头,从虹园开始,路转折向北,这里有石桥叫"虹桥",不知道是桥因为园子而得名呢,还是园子因为桥而得名呢?泛舟而过,有景点叫"长堤春柳",这处景不放在城边而放在这里,更见布置安排的妙处了。船再往西面拐过去,湖中有一处地方垒成土山,上面建了庙宇,叫做"小金山"。这么一遮挡,就觉得气势紧凑,设计真不俗。听说这地方本来是沙质土壤,所以屡次垒土山不成,后来用若干木排,一层层叠起来再加上泥土,花了几万两银子才完工,这要不是大商人出钱,怎么能成呢?

经过小金山有胜概楼,年年端午看竞渡就在这里。这里河面较宽,有一座莲花桥从南到北跨过水面,桥门通向八方,桥面上盖了五个亭子,扬州人管它叫"四盘一暖锅"。这是挖空心思的设计,不值得效仿。桥南有座莲心寺,里面高高耸起一座喇嘛教白塔。黄金顶,垂着缨络,高耸入云霄。旁边红墙里佛殿一角,掩映着松柏,不时传来钟磬之声。这情景是普天之下的园林都没有的。过了桥,见到一座三层的高阁,画栋飞檐,五彩缤纷。阁下叠着太湖石假山,围着一带白石栏杆,这一处景叫做"五云多处",这就好比作一篇文章,中间的重点大结构。过了这一片,景点叫做"蜀冈朝旭",一片平坦,没什么奇观,纯属附会而已。要到山脚,河面渐渐变窄,两岸堆土植竹子树木,设计出四五处拐弯。好像已经是山穷水尽,忽然眼前豁然开朗,平山堂下的万松林已在眼前了。

"平山堂"的匾还是欧阳文忠公写的。所谓的淮东第五泉,真的在一个假山的石头洞里,不过是一口井罢了,井水的味道和雨雪水差不多。那荷花池亭子里边带铁井栏的六边形井水,乃是假的,水不能喝。九峰园另外在南门幽静之处,饶有天然之趣,我认为扬州这些园林里九峰园要数第一。康山草堂没有去，不知道怎么样。以上景点都不过是述其大概，其中工巧精美的地方，没法细细阐述。大概要打个比方的话，扬州园林好比艳妆的美人，不能比作西施在浣纱溪上那种朴素天然之美。我当时恰好恭逢南巡盛典，各处工程都刚竣工，预演迎接圣驾的种种准备，因此我才能看个痛快，这也是人生难得的境遇。

甲辰年春天，我随行侍候家父到吴江县何知县的府署中任幕僚。家父和绍兴人章蘋江、杭州人章映牧、苕溪顾霭泉诸先生成了同事，当时负责帮办南斗圩行宫事宜，我得以平生第二次瞻仰圣上天颜。一天，已经要傍晚了，我忽然想回家，有专门办差乘坐的小快船，一条船上两根船橹两张桨，在太湖里行船如飞，苏州人俗话叫做"出水鳖头"，一转眼间已经到了吴门桥。就是神仙骑仙鹤飞，也没这般迅速快意。到了家里，晚饭还没好呢。

我的家乡苏州，本来就崇尚繁华，到了南巡之日，更加争奇斗胜，比之前更奢华。彩灯高悬，使人炫目。笙歌处处，使人耳鸣。古人所说的"画栋雕甍""珠帘绣幕""玉栏干""锦步障"，都不如而今了。我帮朋友们到处打理,帮他们插瓶花,结彩绸,闲下来就互相邀请三朋四友,喝酒狂歌,尽情游玩,少年人兴致高,也不嫌累。要是生于盛世但是却住在偏僻的乡下地方,哪还能有这样的游玩之盛呢?

那一年,何知县因为一些事情被议罪,我父亲就接受了海宁县王知县的聘任。嘉兴有位叫刘蕙阶的,崇信佛教,一向持斋,来拜访家父。刘家在嘉兴烟雨楼边,有个临河的小阁子,叫做"水月居",是他日常念经的地方,干干净净的像僧舍一般。烟雨楼在平静如镜的湖水中,湖的四面都种着绿杨,只可惜没种什么竹子。楼前有平台,可以远眺,湖中渔船星罗棋布,湖水广漠,不起波澜,月夜来赏想必绝佳。僧人准备了素斋,味道很好。

我与父亲到了海宁后,和南京人史心月、绍兴人俞午桥成为同事。史心月有个儿子叫烛衡,为人安静沉默,文质彬彬,有儒雅之风,与我成为知心好友,这是我生平的第二位知己。只可惜萍水相逢,二人相处的时光并不多。

在海宁游览了陈家的安澜园,园子占地百亩,楼阁繁复,还有夹道和回廊。园中有很大的池塘,桥设计成曲曲折折的六折形。假山石上生满藤萝，把采石的凿痕全部遮掩干净；园中古树上千，一株株都高耸入云；游园中但闻鸟鸣，但看花落，仿佛置身深山之中。这就是费尽人工而达到天然之境。我所游历过的平地上的假山石庭园，要数安澜园为第一。我曾在安澜园中的桂花楼中设宴，饮食的香气都被桂花香盖住，只有酱姜的气味不变。人说姜桂之性，愈老愈辣，用来比喻忠诚尽节的大臣，确实有道理。

出海宁县城的南门，就是大海。一天两次涨潮，涨潮时如同万丈银堤，冲破海面。海上船只有专门迎潮而上的，潮水来时，收起船桨对着潮头，在船头上装着一个木招，形状像个长柄的大刀。木招对着潮水一按下去，潮水就被分开，船只借着木招之势乘机滑入波涛中，要过一会儿才浮起，拨转船头，随着潮水而去，一会儿就可以行出百里之遥。盐官海塘岸上有塔院，中秋之夜，我曾经跟着家父来此地观潮。沿着海塘往东约三十里，有山叫做尖山，一座山峰兀然突起，扑入海中。山顶有阁楼，匾额"海阔天空"。在阁上远眺，一望无际，只见到连天的怒涛而已。

　　我二十五岁时,应了徽州府绩溪县克县令的聘任。从杭州出发,乘坐"江山船",经过富春山时,登临严子陵钓台。钓台在半山腰,高高一座山峰突起,离水面有十多丈。难道汉代时的江水和如今的山峰齐平吗?月夜在界口镇停泊,当地有巡检署。苏轼所说的"山高月小,水落石出"的景色,宛然便在眼前。过黄山时仅能远眺山脚,可惜没能一睹它的真面目。

　　绩溪县城在万山之中,小小的一个县城,民风淳朴。城外不远有石镜山,从山弯弯里曲曲折折往里走一里多,只见悬崖瀑布,绿色湿润得仿佛要滴下来。渐渐往高处走到山腰,有一个方方的石亭,四面都是悬崖峭壁。亭子左面的山石,笔直如砍削而成,仿佛一面屏风,石质青色,表面光润,可以照出人影,相传在石上能够照出人的前生。传说唐末黄巢来照,照出来是个猿猴的样子,一怒之下放火烧了石头,所以现在再也照不出人的前生了。

　　离城十里远有个景点叫火云洞天,这里的山石纹理缠结,凹凸不平,很有黄鹤山樵画中山石的意味,只是显得杂乱而已,洞里的石头都是深红色。边上有个很幽静的小庵。盐商程虚谷曾在这里摆酒请客。酒席上有肉馒头,小和尚在旁边眼睁睁盯着看,我拿了四个馒头给他。临走的时候给僧人两块洋钱当答谢,山僧不认识,推谢不愿收下。告诉他一块洋钱能换铜钱七百多文,山僧说附近没有换钱的地方,还是不愿要。我们只好几个人凑了六百多铜钱给他,他才高高兴兴地谢着收下了。

后来我邀请几个朋友带了酒菜又去游玩,老和尚叮嘱说:"上次小徒弟不知吃了什么东西拉肚子了,这次请千万别再给他东西吃。"才知道吃惯野菜的肠胃经不住肉味,真是让人感叹啊。我跟同行者说:"当和尚呢,一定要在这种荒僻的地方,一辈子看不到听不到什么热闹,才能修身养性。像我老家的虎丘山,那里的和尚天天眼里看的是美貌娈童、歌姬,耳朵里听到的是弦索音乐、歌声,鼻子里闻到的是菜香、酒香,哪里还能身如枯木、心如死灰地修行呢。"

绩溪城外三十里,有个地方叫仁里,有花果会的习俗,每十二年办一次,每次举办,各家各户都拿盆花出来竞艳。我在绩溪的时候恰好遇上这盛会，高高兴兴打算去看，苦于没有轿子没有马匹，于是截断大毛竹做轿杠，绑了椅子成轿子，雇了人抬了去。同游的人只有同事许策廷，人们见了这椅子轿无不惊讶失笑。到了地头，见到有庙，供的不知是什么神。庙前空旷的地方搭有戏台，大方柱子彩画梁，很是巍峨，靠近了一看，原来是纸扎成再加以彩画，涂了油漆弄成的。忽然一片锣响，见四个人抬着一对大蜡烛，有柱子那么粗；八个人抬着一头猪，其大如牛，原来这猪是公养的，养了十二年才宰了献给神。许策廷笑道："这猪也寿命长，这神仙也牙齿锋利，要我是神仙，怎么吃得动这肉。"我说："这也正可见百姓愚昧的虔诚。"进了庙，见大殿廊下和各处院子里陈设的种种盆栽花果，都并不故意剪枝条拗造型，而是以苍劲古朴老怪见长，大多数都是黄山松。过了一会开场演戏，观众如潮水般涌来，我和策廷就溜走了。不到两年，我和同事处不来，于是挥挥衣袖回了苏州。

我从绩溪县回来后，因为见到这官场中种种丑陋不堪入目的形状，就改而从商。我有位姑丈袁万九,在盘溪的仙人塘做酿酒生意。我和施心耕凑钱去和他合资经营。袁家的酒生意原本靠海路贩运,不到一年,正遇上台湾林爽文造反,海路不通,货物积压,折了本钱。我不得已重操旧业。

在江北坐了四年馆,没有一件快意的游览可以记下来的。等后来住到萧爽楼,正过着人间神仙的日子,有位表妹夫徐秀峰从广东回来,见我在家闲着,主动跟我说:"你现在穷得等米下锅,靠笔头子挣几个钱买米,到底不是长久之计。何不和我往岭南去一趟?应当挣钱不少。"

陈芸也劝我说:"乘着现在父母高堂都还健康,你正是壮年,与其天天在柴米油盐的烦恼里勉强寻欢,不如挣点钱来一劳永逸。"我便和亲朋好友告借了本钱,陈芸也自己筹办了一批绣品,还有岭南没有的苏酒、醉蟹这些东西。告诉了父母后,在十月十日那天,和徐秀峰一起从东坝出发,前往芜湖口。

初次游览长江,令人胸怀爽畅。每天晚上停船后,一定会在船头喝点酒。见捕鱼的人用的渔网还不到三尺见方,孔却有四寸宽,用铁箍箍着网的四面架子,好像是为了让它容易沉下去。我笑着说:

"虽然圣人教人说要'罟不用数',但像这么大的孔这么小的网,怎能捞到鱼?"徐秀峰说:"这是专门捞鳊鱼的。"只见那渔网系着长绳,在水中忽起忽落,好像是在试探下面有没有鱼。没多久,渔夫迅速拉渔网出水,上面已经有鳊鱼被套在网孔中了。我不由感慨道:"可见一个人的见识有限,往往不可知天地间的种种奥秘。"

一天,见到长江中有一座小山突起水面,四周无依无靠。秀峰说:"这就是小孤山。"远望红叶秋林中,殿宇楼阁错落有致。可惜船正当风,就这么过去了,没能去游历一番。

到了滕王阁,看着好比把我们苏州府学的尊经阁移在胥门的大码头上,王勃的《滕王阁序》里写的那些美好的话都不能信。我们就在滕王阁下换乘叫做"三板子"的高尾翘头船。从赣关一直坐到南安才登陆。登陆那天正好是我三十岁生日,秀峰给我准备了长寿面。

没几天经过大庾岭,岭巅有个亭子,上面的匾题着"举头日近",是说这岭的高。山头一分为二,两面都是悬崖峭壁,中间留一条路,跟石板巷一样。

山口列着两座碑,一座刻着"急流勇退",一座刻着"得意不可再往"。山顶有座梅将军祠堂,不知梅将军是哪朝哪代的人。传说中的岭上梅花,一棵树也看不到,是不是因为梅将军才得名梅岭的呢?我带来的送礼用的盆栽梅花,到了这将入腊月的时候,已经叶片萎黄,花也落了。

过大庾岭出了山口,一下子就觉得山川风物都不一样了。大庾岭西面有座山,山上有玲珑的石洞,已经忘了它叫什么名字。轿夫说:"洞里有神仙留下的床榻。"匆匆路过,没能一游,令人惆怅。

到了南雄,雇了老龙船,经过佛山镇。见到那里民居墙顶常摆着盆花,叶子像冬青,花朵如牡丹,有大红、粉白、粉红三个品种,原来是山茶花。

到了十二月十五日,才抵达省城广州,住到靖海门里,租了一家姓王的临街的三间楼房住下。秀峰的货物都销售给当地官员,我也跟着他开货物单拜客,就有配礼单的人络绎不绝来取货。不上十来天,我的货物已经都卖完了。除夕之夜,蚊子嗡嗡如雷声。新年拜客的人里,有穿棉袍子外加纱套褂的。和我们苏州比起来,这里不光是气候大不一样,就是当地土著,虽然五官和苏州人一样,但神气大不一样。

正月十六,有广州府署里的三个苏州老乡拉我去珠江妓船上玩玩,这叫"打水围",妓女叫做"老举"。于是大家一起出了靖海门,下了小船,船好比一只蛋对半剖开来,加个船蓬。先到了沙面,妓船叫"花艇",都是船头对船头一列列排着,中间留出水巷子,方便小船往来。每一帮有一二十艘花艇,用横木固定连接,用来防海风。两艘船之间钉着木桩,上面套着藤圈,用来让船随着潮水涨落。鸨儿叫做"梳头婆",头上有银丝做的四寸高架子,中空,头发盘在架子外面。用长耳挖插一朵花在鬓角。身上穿着玄青色短袄、玄青色长裤,裤管拖到脚背上,腰里束着汗巾,有红的有绿的,赤脚穿靴鞋,整体装束像戏台上的旦角。

登上妓船,鸨母就满面笑容鞠躬迎客,打起帘子进了船舱。只见舱两边排着椅子茶几,中间摆着大榻,有扇门通向后船艄。鸨母叫一声"有客",就听见脚步声杂沓,妓女纷纷而出。有头挽发髻的,有盘着辫子的;脸上粉搽得赛似白墙,胭脂抹得红似石榴花;有穿红袄子绿裤子的,有穿绿袄子红裤子的;有的穿着短袜靸着蝴蝶鞋,有的打着赤脚,脚上套着银脚镯子;群妓有的蹲在榻上,有的靠着门,目光闪闪地看着来客,一言不发。

我回头看着徐秀峰说:"这是怎么着?"徐秀峰说:"彼此看对眼了后,再叫她们过来侍候。"我试着招手叫一个过来,果然欢天喜地地凑过来,袖子里摸出槟榔献给我当礼敬。我入口一嚼,涩到不能忍,急忙吐了,用纸擦嘴,吐沫红得像血。一般人都哈哈大笑起来。

又到了军工厂那边的妓船,妓女的打扮也差不多。不过无论大小都能弹琵琶。和她们说话,回答道:"咪?""咪"就是广东话里的"啥"。我说:"人家都'少不入广',因为烟花丛中容易销魂。要是像这样子的野人妆束蛮子话,谁还会动心?"有个朋友说:"潮州妓帮妆束得好,可以去逛逛。"

到了潮州妓帮,也像沙面那边一样船一排排的。有个著名的鸨母,叫素娘的,打扮得像个唱花鼓的。妓女都穿着高领的衣服,脖套着琐圈,前面刘海齐眉毛,后面披发披到肩膀,中间挽一个发髻,像丫髻一样。裹脚的穿长裙子,不裹脚的穿短袜子,也穿蝴蝶鞋,裤管长长的拖着。说话倒是听得懂,但我到底嫌她们穿得怪模怪样,没什么兴趣。

徐秀峰说:"靖海门对面的渡口有扬州妓帮,都是江南妆束,你去一定能有中意的。"有个朋友说:"所谓的扬州帮,就只有个叫邵寡妇的鸨母带着个叫大姑的儿媳妇,两个人是从扬州来的。其他都是湖南、广东、江西人。"于是我们去了扬州帮,只有两排十来条船。船中妓女,头梳得好,如飘浮萦绕的云雾;脂粉搽得薄薄的,打扮是阔袖长裙,说话也听得明白。那个叫邵寡妇的殷勤招待我们。有个朋友另外喊了酒船来,酒船大的叫"恒艖",小的叫"沙姑艇",这朋友备了个东道招待我们,叫我挑陪酒的妓女。

我挑了个年纪小的,身材相貌有点像我妻子芸娘,一双脚裹得又尖又细,她叫喜儿。秀峰挑了个叫翠姑的妓女,其他几个朋友都各自有各自的旧相识。船开到江中央,大家开怀畅饮。到了一更多时,我怕醉到吃不消,坚持要上岸回寓所,但是城门早就关了。原来靠海边的城市,每天太阳落山就关城门,这规矩我都不知道。到了酒席将结束,各人有躺下了抽鸦片烟的,有搂着妓女调笑的,妓家的佣仆送了各个妓女的铺盖过来,就要连着床展开铺盖。

我悄悄问喜儿:"你们自家船上好不好歇息?"她说:"有个寮可住人,就是不知道有没有客。"(寮,就是船顶的小阁楼。)我说:"姑且过去看看。"招来小船乘着去了邵寡妇的船上,只见整个扬州帮的船灯火通明,两两相对,像条长廊。正好寮里没客人,鸨母笑嘻嘻迎上来说:"我知道今天有贵客要来,所以特特儿留下寮来等你。"我笑道:"姥姥真是荷叶下的活神仙啊!"

然后男仆拿着蜡烛,引我们从船舱后部的楼梯上去。上面小小一间房,里面靠边放着长榻,茶几桌子都齐全。打起帘子往里去,就是头舱的上面一层,床也是放在房间边上。墙中间的方窗户上嵌着玻璃,不用点灯火而一室通明,原来是对面船上的灯光透过来。床上被褥帐子,梳妆镜化妆匣,都很是华美。喜儿说:"从台子上可以赏月。"就在楼梯门的上方又打开一扇窗,曲着身子钻出去,就到了船后艄的顶上。台子三面拦着矮栏杆,只见一轮明月,水阔天空。江面上像小树叶般杂乱飘着的,是酒船;江水中闪烁如天上繁星的,是酒船上的灯火;江面上还有小船往来不停,如同梳子梳头、梭子织布一般。弹琵琶唱曲子的热闹声,和着涨潮的潮水声,令人心驰神往。

我说:"人说'少不入广',就指这般罢!"可惜我妻子芸娘不能一起来这里同游,回头看喜儿,月色之下,依稀有点像芸娘的面貌。于是拉着她下了台子,吹了蜡烛睡下。天将亮,秀峰他们已经闹哄哄一起来了,我披了衣服迎接他们,他们都怪我昨晚悄悄逃走。我说:"不怕别的,就怕您们跑来掀被子揭帐子啦!"后来大家就一起回寓所了。

过了几天,和秀峰一起去游海珠寺。寺在水中,四面围墙像城墙一样。离水面五尺高的地方开有洞,里面装设了大炮,预防海盗。大炮能随着潮涨潮落而随水面浮沉,不觉得炮门会升高落低,想不通是个什么原理。十三洋行在幽兰门西面,建筑样式和西洋画上的一样。和海珠寺隔岸相对的叫花地,花木繁盛,是广州卖花木的地方。我一向以为自己无花不识,到这里一看才能认识十分之六七,问花木的名字,好多是《群芳谱》中没记载的,也许是方言的差异?

海幢寺的规模非常大,山门里种的榕树,有大到十几个人抱不过来的,浓荫仿佛车盖,秋冬季节也不凋零。寺里的柱子、门槛、窗户栏杆,都是铁梨木制造。寺里有菩提树,叶子像柿子叶,泡了水后去掉表皮,叶脉细如蝉翼纱,可以装裱成小册子抄佛经。

回来的路上去花艇看喜儿,正好翠姑、喜儿两个都没客。我打了茶围要走,她们再三挽留。我本来想去寮里,但邵的儿媳妇大姑已经有酒客在寮里了,我就对邵鸨母说:"要是能让她们去我的寓所,就可以彼此谈谈。"邵说行。秀峰先回去叫手下人准备酒菜,我带着翠姑、喜儿两个回寓所。

正说笑的时候,恰好广东衙门里的王懋老不期而来,我们就拉他一起喝酒。酒才沾唇,忽然听到楼下有人吵吵嚷嚷,好像要上楼来。原来房东有个侄儿一向无赖,知道我叫了妓女,故意找人来要敲诈。秀峰埋怨道:"这都是三白一时高兴,我不该听的。"我说:"已经这样了,该快点想个退兵之计,现下不是吵架的时候。"懋老说:"我先下去交涉交涉。"

我就叫佣人快点雇两顶轿子来,先让两女脱身,再想办法出城。听到懋老劝不退楼下的人,但他们也没冲上楼来。两顶轿子准备好,我这个佣人身手敏捷,就让他在前面开路,秀峰挽着翠姑跟着他,我挽着喜儿在最后,一哄下楼。秀峰和翠姑得了佣人的帮助,已经出门了,喜儿被边上横出一只手臂拦住,我忙飞起一腿,踢中那胳膊,手一松,喜儿脱身,我也乘机脱身走掉。我的佣人还在门口守着,怕人追抢,我忙问:"见到喜儿了么?"佣人说:"翠姑已经乘轿子走了,喜姑娘只看到她出来,没见到她乘轿子。"我连忙点了灯笼,只见空轿子还在路边。急急忙忙追到靖海门,看到秀峰守在翠姑轿子边站着,又问他喜儿到哪里去了,说:"可能是该往东面走却跑西面去了。"我忙回头找,从寓所过去十几家,听到暗处有人叫我,拿灯一照,正是喜儿,就让她上轿,轿夫扛起来走。

秀峰也跑来说:"幽兰门有水门可以出去,已经托人贿赂开门去了。翠姑已经走了,喜儿快点去!"我说:"你赶紧回寓所去退敌。翠姑和喜儿交给我!"到了水门边,果然已经开了门,翠姑先等在那里。于是我左面拉着翠姑,右面挽着喜儿,折腰低头,跟跟跄跄挤出水门。天又恰恰下小雨,路面滑如油,走到沙面的珠江岸边,笙歌正盛。小艇上有人认识翠姑,招呼她登船。我这才发现喜儿头发乱如飞蓬,钗环都没有了。我说:"首饰被抢了么?"喜儿笑道:"听说这些都是赤金的,是阿娘的东西,我在下楼的时候就已经摘下来藏在袋中。若是被抢去,岂不是要连累您赔偿么。"我听了心里很是感激,叫她重新插戴好首饰,别把今夜之乱告诉鸨母。只借口寓所人杂,所以还回花船上来。翠姑便如此对鸨母说了,又说:"酒菜已经饱了,备点粥就行。"

这时寮里的酒客已经走了,邵鸨母叫翠姑也来陪我上寮。我见两人的绣鞋已经被泥水污透了。三个人一起喝了粥充饥,点起蜡烛来细细闲聊,才知道翠姑是湖南人,喜儿是河南人,本姓是欧阳,父亲死了后母亲再嫁,喜儿被恶毒的叔叔卖掉。翠姑向我讲述当妓女迎新送旧的苦:心里难过也得强颜欢笑,不胜酒力还得勉强喝,身体不舒服也得撑着陪客,嗓子不适还要勉强唱曲子。还有的客人脾气坏气性大,稍稍不满意,马上就摔酒杯掀桌子,大声辱骂,鸨母不体谅,反而责怪没接待好。又有一等恶客人,整夜蹂躏,教人受不了。喜儿因为是年轻才来,鸨母还怜爱点。翠姑说着说着眼泪就下来了,喜儿也默默掉眼泪,我拉喜儿入怀抚慰她,教翠姑在外面榻上睡,因为她是秀峰的相好。

从此以后,要么十天要么五天,花艇上必然派人来请。有时候喜儿自己撑着小船,到珠江边来接我。我每次去一定叫上秀峰,不邀别的客人,也不再去别的妓艇。每次一晚上的花销,不过四块洋钱。秀峰今天叫这个姑娘,明天叫那个姑娘,俗话说叫"跳槽",甚至会一次叫两个妓女;我则每次只叫喜儿一个。偶尔也会一个人去,要么在平台上喝点酒,要么在寮里谈谈天,不逼她唱歌,不勉强她多喝酒,对她温柔体贴,气氛安详。隔壁船上的妓女都羡慕。遇到有空闲没客人的,知道我在寮里,都爱过来见我。全船帮的妓女,我没一个不认识,每次登艇,招呼我的声音一路不绝,我也左顾右盼,答应个不过来,这体面是即使挥霍万金也得不来的。

我在花艇上混了四个月,一共花了百多两银子,得以饱尝荔枝等鲜果,也是生平快事。后来鸨母想跟我要五百两银子逼我纳喜儿为妾,我怕麻烦,就计划着回家去了。秀峰很是迷恋烟花,我就劝他买了一个妾,我们还是原路回苏州。第二年,秀峰又去了广州,我父亲不准我再去,我就接了青浦杨县令的聘书。等到秀峰回来,说起喜儿因为我没去,差点寻了短见。唉!真可谓是"半年一觉扬帮梦,赢得花船薄幸名"啊!

我从广东回来后,在青浦坐了两年馆,没什么游兴可记。不久,芸娘遇到了憨园,惹出一大堆麻烦,芸娘因为冤愤而生了病。我和程墨安在家门旁边开了个小书画铺,勉强挣点汤药钱。

八月十七日,有位吴云客和毛忆香、王星烂来邀我一起去西山的小静室游玩,我正好笔底不得闲,叫他们先去。吴云客说:"你要是能出城,明天中午就在西山前水踏桥边的来鹤庵等你。"我答应了。

第二天,留程墨安看铺子,我一个人走出阊门,到了西山前,过了水踏桥,沿着田埂往西走。见到一个门向南开的小庵,门口一条清溪。敲门一问,开门的人问:"您找谁呀?"我告诉他,对方笑道:"这是得云庵,您没瞧见匾额吗?来鹤庵已经走过啦。"我说:"从水踏桥到这边,没见到有庵啊。"他回头指给我看:"您不见那土墙中绿竹森森的?那就是啦。"

于是我折返到土墙下,见一扇小门紧紧闭着,从门缝里望进去,里面短短篱笆曲曲幽径,竹子绿得可爱,一片寂静,听不到人语,敲了门也没人应答。有人经过,说:"墙上洞里有石头,是用来敲门的。"我试着连敲了几下,果然有小和尚来开门。我沿着小路进去,经过一座小石桥,拐个弯向西,才见到山门,上面挂着黑漆匾额,粉字写着"来鹤"两个字,后面有长篇的跋语,也来不及细细看。入门经过韦陀殿,里面上上下下干干净净,一尘不染,我晓得这就是小静室了。忽见下面走廊里一个小和尚端着酒壶出来,我大声询问,就听见内室王星烂笑道:"怎么样?我就说三白绝不会失信吧!"就见吴云客迎出来,说:"等你来吃早饭,怎么来得这么晚?"他后面跟着个僧人,向我打稽首,一问才知道这位是竹逸和尚。进了内室,小小三间房子,匾额题着"桂轩"。庭院里两株桂花树正盛开。王星烂、毛忆香站起来乱嚷嚷:"来迟的人罚酒三杯!"酒席上荤素菜清爽齐整,黄酒白酒都备了。我问:"你们已经游玩了几处了?"吴云客说:"昨天过来已经晚了,没再出游,今天早晨才去了得云庵和河亭两处。"痛快喝了半天酒。

吃完饭,仍然从得云庵和河亭出发,一起游玩了八九处地方,一直走到华山。这些地方各有各的好,一时也讲不完。华山顶上有莲花峰,因为已经傍晚,相约以后再来。这里的桂花开得最盛,我们在花下喝了清茶,叫了山轿,回到来鹤庵。

桂轩东面另外有间小阁子,对着一条清溪,里面已经摆好酒菜。竹逸和尚沉默安静,却好客,酒量也好。我们开始的时候折了桂花玩击鼓催花,然后再每人行了个酒令,一直热闹到二鼓时分。

我说:"今夜月色这么好,就这么回去大睡,未免辜负了月色,有什么高旷的地方,去赏玩月色,才不虚度如此良夜。"竹逸和尚说:"可以去登放鹤亭。"吴云客说:"星烂带了琴来,我们还没听他弹奏佳调,到那边弹怎么样?"于是就一起去了。只见桂花香中,一路秋林,月色下长空无云,万籁俱寂。星烂弹了《梅花三弄》,听来令人飘飘欲仙。忆香也来了兴致,从袖中掏出铁笛,呜呜吹起。云客说:"今夜在石湖看月的,谁能比我们更快活?"原来我们苏州有八月十八日去石湖的行春桥下看串月盛会的风俗,此夜游船挨挨挤挤,彻夜笙歌,名叫看月,不过是带着妓女闹酒罢了。不久,月亮落了下去,起了寒霜,我们兴致都尽,回去睡下。

第二天一早,云客对大家说:"这附近有个无隐庵,很是幽僻,谁去过?"都说:"别说没去过,听都没听过。"竹逸说:"无隐庵四面都是山,地方很偏僻,和尚也久待不住。往年我曾去过一次,当时房子都坍塌荒废了。后来彭尺木居士重修之后,我还没去过。现在还依稀记得道路,要是想去的话,我来带路。"忆香说:"空着肚子去呀?"竹逸笑道:"已经备下素面了,再叫火工道人提着食盒酒器跟着我们一起去。"吃完面,大家步行前往。路过高义园,云客想去白云精舍,就进了门坐下。一个和尚慢悠悠踱出来，向云客拱拱手，说："两个月没见到您啦，城里面有什么新闻？抚军大人在府署里吗？"忆香忽然站起来说："秃驴！"拂袖而去。我和星烂忍着笑跟着走了。云客、竹逸和那和尚说了几句客套话，也告辞走了。

高义园就是范文正公的墓，白云精舍在它旁边。园里有一个轩，对着石壁，壁上藤萝悬挂，下面凿有水潭，一丈多宽，碧清的一潭水，里面有鱼儿在游，石壁上题着"钵盂泉"。轩里布置的茶具等等，极其幽雅。轩后一大片绿树，可以俯视范园。只可惜这里的和尚俗得很，没法多坐一会儿。当时我们从上沙村经过鸡笼山，就是当年我和鸿干重阳登高的地方。风物依然，而鸿干已经去世，抚今追昔，让人感伤不已。

我正在惆怅，忽然遇到路上有涌出溪水断了路。路边有三五个村童在乱草丛中挖菌子，都伸头笑嘻嘻，好像惊讶为什么一下来了这么多人。我们问到无隐庵的路，他们说："前面水大，不好走，返回几步，南面有条小路，翻过岭头可到。"

我们照着村童的话，翻过山岭往南走了里把

路,渐渐觉得竹林树木杂乱,四面青山静环,绿草淹没小径,已经看不到人的行迹。竹逸四面转悠道:"好像就在这里,但找不到路了,怎么办?"我蹲下身子细细查看,在竹林中隐隐见到一带乱石中有着房屋山墙,于是直接拨开竹子,从竹林间横穿而过,最后找到一扇门,门边题着:"无隐禅院,某年月日南园老人彭某重修",大家都高兴道:"要不是你,咱们就像武陵渔夫一样找不到桃花源啦。"

山门紧闭,敲了半天门,没人应答。忽然边上吱呀一声开了扇小门,一个破烂衣衫的少年走出来,面黄肌瘦,脚上的鞋子也不完好,问:"客人来有什么事么?"竹逸打了个稽首,说:"我们仰慕此地幽静,特地前来瞻仰一番。"少年说:"这么荒山野岭的,也没个和尚,没人招待,请去别的地方游玩罢。"说完就要关门进去。云客忙拦住,许诺要是让我们进去游览一下,一定给酬金。少年笑道:"茶叶都没有,只怕怠慢客人,哪里是指望着酬谢呢?"

山门一开,就见到佛像,佛像上的金光映着绿荫,庭院台阶上苔藓厚厚一层。佛殿后有高台,四面绕着石头栏杆。我们沿着高台往西,见到一块两丈高的石头,形状像馒头,石下生着细细的竹子。从西面往北,沿着一个斜廊里的台阶登上去,有三间客堂,挨着块大石头。大石头下凿有小小一个月牙池,里面一汪清水,水藻纵横。客堂东面就是庵的正殿,殿的东西两面分别是僧人的房间和厨房。殿后靠着峭壁,杂树浓荫,抬头不见天空。星烂累了,在池边休息,我和他一起。正要打开酒盒喝酒,忽然听到忆香的声音在树梢,叫我们:"三白快来,这里有好去处!"抬头一看,见不到忆香,于是和星烂循声觅去,从东面厢房出了一道小门,往北,有梯子般的石头台阶大约几十级,上去后在竹林中远远看到一座小楼。又沿着楼梯上去,上面八扇窗户洞开,楼中题着匾额"飞云阁"。阁上远眺,四面群山环绕如城墙,只有西南一角有个缺口,远远望见一片茫茫水天一色,船帆隐约,就是太湖。靠着窗子俯视,风吹过竹梢,如同麦浪起伏。忆香说:"怎么样?"我说:"真是好境地。"忽然又听见云客在楼西喊:"忆香快来,这边有更好的地方!"于是又下楼,转而向西登了十余级台阶,忽然面前豁然开朗,所立之处平坦如露台。一看,原来已经攀到了佛殿后的峭壁之上,地下还有残砖和破柱基,原来是以前的佛殿殿基。四望环山,视野比飞云阁上还要开阔。忆香对着太湖长啸一声,四面群山一齐回响。于是我们席地坐下喝酒,又发愁肚子饿,少年要煮焦饭给我们当茶点,我们就请他煮成粥,邀他一起吃喝。

我们问少年这里为何这般荒凉,少年说:"四周没邻居,夜里常有强盗。积了点粮食,就常被抢走,就是种点蔬菜瓜果罢,也大多被砍柴的弄去。这里本是崇宁寺的下院,崇宁寺大厨房里每个月只是送来一石饭干、一坛子咸菜而已。我是彭家的后人,暂且住在这边看门,很快也就要回去了。不久这里就要没人了。"云客给了他一块洋钱当酬谢。

回到来鹤庵,雇了船回来。我画了一幅《无隐图》,送给竹逸,来纪念这次尽兴的游览。

这年冬天,我为朋友当保人受了连累,失欢于家庭,寄住到锡山华家。第二天春天,想去扬州但缺旅费,有位老朋友韩春泉,在上海的衙门里当幕僚,我就去找他。我破衣烂鞋,不好意思到衙门里去,就写信约他在城隍庙的园林里见面。等他见到我,知道我愁苦不堪,慷慨地帮了我十两银子。那园林是洋商捐钱修的,非常阔大,可惜里面的各处景物杂乱无章,园林后方叠的假山石也缺乏起伏照应。

回来的路上忽然想到虞山的风景,正好有便船可搭,就随舟而往。当时正是仲春,桃花李花争艳,我一个过路的,也没有伴侣,就带了三百钱,闲逛走到虞山书院。从墙外仰头看,见里面花树交织,嫩绿杂着娇红,衬着山山水水,极是幽静,可惜找不到门进去。我一路问过去,遇到开茶棚的,坐下喝一杯,泡的是碧螺春,喝来味道极好。

我问虞山什么地方风景最好,一位游人说:"从这里出了西关,靠近剑门,也是虞山最好看的地方。您要是去,我领您去。"我高兴地应了。

出了西门,沿着山脚高高低低走了几里路,渐渐看到有高高的山峰耸立,石头都是横纹的。到了剑门,见一座山壁从中间分开,两壁凹凸不平,有几十丈高。走进了仰头看,上面的石头好似要倾倒坠落一般。那人说:"传说上面有神仙洞,好多仙家景致,可惜没有路可以上去。"我来了兴致,挽起袖子卷了衣襟，猴子一样爬了上去，一直爬到顶。原来所谓的神仙洞，不过一丈多深，顶上有石头缝，明晃晃可以见到天空。低头往下看，腿软得要掉下来。于是腹部朝着石壁，拉着藤蔓爬下来。

那人叹服道："厉害！从没见过像您这样这么有游兴的。"我口渴想喝点东西，就邀请他去村中小酒店喝了几杯酒。太阳要下山，没办法游遍整个虞山，就捡了十几块赭石揣在怀里回寓所，背了行李搭夜航船到苏州，仍然回锡山去。这一次是我在愁苦中的快游。

嘉庆甲子年的春天，我痛遭家父过世的变故，本准备抛家出走了，被友人夏揖山挽留住在他家。那年秋季八月，他邀请我一起往东海的永泰沙去收利息。永泰沙隶属崇明岛。出了刘河口，又航海百多里才到。新涨出来的土地，还没有街道市集。茫茫一片芦苇地，没有人烟，只有同业丁家的几十间仓库。沙上四面挖了河沟，河堤上种了柳树，绕着仓库围了一圈。

丁家主人字实初，家在崇明，是永泰沙上头号大户人家；给丁家当会计的姓王。两人都豪爽好客,不拘礼节,和我一见面就成了老友一般。杀了猪请我吃,以整缸的酒招待我。行酒令就是划拳,不知道诗文这些道道;唱歌就是嚎叫,不晓得音律。喝得酒酣耳热,教佣工们彼此挥拳相扑来看着玩。养了一百多头大牯牛,都露宿在河堤上。又养了鹅来防海盗。白日里就带着猎鹰猎犬在芦苇荡、沙洲里打猎,猎到的大多是飞禽。我也跟着去,晚上回来累了就睡下。他们带我到了已经开垦成熟的田地去看,每一家的田都四面筑着高高的堤坝,好防潮水。堤坝上开有水门,用水闸控制开合。遇到天旱就涨潮的时候开水闸灌溉,遇到雨水多就在退潮时开水闸放水。佃户们住得零星四散,但叫一声就聚起来,他们称业户为"产主",万事听从,诚朴可爱。但如果不讲道理惹怒了他们,野蛮起来也是赛过虎狼;而如果能公平抚慰,他们又能诚恳地拜服。这里的日子风风雨雨,日夜交错,我只觉得如同太古之世。躺在床上向外看就能看到洪涛,枕头上听得到如金鼓齐鸣的潮声。

有一夜,忽然见到数十里外有栲栳一般大的红灯,浮在海中,又见到红光满映天空,仿佛失火了一般。实初说："这地方起了神灯神火，不久就又要涨成沙田了。"揖山一向性格豪放，到这里更是无拘束，我也更肆无忌惮，在牛背上放歌，沙滩上醉舞，兴致所发，随心所欲，真是平生最无拘束的一次游览了。事我们办完后，到十月才回来。

我们苏州虎丘一地的胜景，我最欣赏后山的千顷云，第二就只有剑池了。其他都大多是人工雕琢而成，而且脂粉气太重，已经失去了山林的本来面目。就是新建的白公祠、塔影桥，也不过是名字优雅点罢了。那个冶坊滨，我戏改为"野芳滨"，更不过是脂粉之辈成群结队，徒然展现妖冶之状罢了。苏州城里最有名的狮子林，虽说是倪元林的手笔，而且假山石玲珑剔透，园中又有不少古木。但从宏观看来，好似那乱堆的煤渣，上面积点苔藓，穿了几个蚂蚁洞，丝毫没有山林的气势。照我这个没见识的看来，不知道好处在哪里。

灵岩山，是吴王馆娃宫的旧址，上面有西施洞、响屧廊、采香径这些风景，但是布局松散，空旷没有约束，不如天平山、支硎山格外富有幽静之趣。

邓尉山又叫元墓，西面背靠太湖，东面对着锦绣山峰,丹崖翠阁,远望如同图画一般。当地人种梅为生,花开几十里,一眼望去如积雪皑皑,所以这里又叫做"香雪海"。山的左面有四株古柏,名字叫做"清、奇、古、怪":清柏一株挺直向上,枝叶茂密如同车盖;奇柏倒卧地上,主干有三个弯,好像"之"字形状;古柏树头已秃,树干一半已朽烂,剩下的部分扁平如掌;怪柏则像螺蛳一样纹路拧着向上,而且主干和枝条都这样。这四株古柏相传是汉代之前的树。

乙丑年的正月,夏揖山的老父亲夏莼芗先生和他的弟弟夏介石,带了四名子侄,往幞山的夏家祠堂去举行春祭,同时也扫扫祖先坟墓,也喊我一起去了。顺路先到了灵岩山,经过虎山桥,从费家河进入香雪海观赏梅花。幞山的夏家宗祠就掩藏在香雪海里,当时梅花正盛,呼吸之间都是香气。我曾经为夏介石画了《幞山风木图》十二册页。

这年九月,我跟随石琢堂殿撰往四川的重庆府去赴任,沿着长江而上,船到了皖城。皖城的山麓,有元末忠臣余公的墓,墓边有座三开间的堂,叫做"大观亭",面对南湖,背靠潜山。亭子在山脊上,远眺视野极好。边上有壁廊,北窗大开。当时正是刚落霜有红叶的时候,红叶灿烂如同桃李花一般。同游的人是蒋寿朋、蔡子琴。

皖城的城南郊外又有王家园子,这园子东西向长,南北向短。因为它北面紧靠着城墙,南面临着南湖。因为受地势所限制,很难布置结构。我看这园子的结构,用的是"重台叠馆之法"。重台,就是在屋顶上建月台,设计成庭院,叠假山,种花木,让游人不知道脚下有屋子。因为在屋顶上叠石为假山,那么下部就紧实;在屋顶上建庭院,下部则保留空间。所以在屋顶上种的花木依然能够得地气而生长。叠馆,就是在楼上建敞轩,轩的上层再建成平台,这样上下盘折,一共有四层,而且楼上建有小水池,水不泄漏,竟不知道是如何安排的虚实。园中建筑的立脚都用砖石,承重的柱子仿照西洋的立柱法而建。园子又幸而面对着南湖,视野不受阻碍,游览时胸怀舒展,比平地上的园子要好,真是人工精巧之极的设计啊!

武昌的黄鹤楼坐落在黄鹄矶上,后面靠着黄鹄山,这山俗称蛇山。黄鹤楼有三层,飞檐画栋,靠着城墙高高耸立,下临汉江,和汉阳的晴川阁遥遥相对。我和琢堂冒雪登黄鹤楼,在楼上仰视长空,但见雪花飞舞,遥指远方的银山玉树,恍惚之中,如同身在瑶台仙境。江中小船来往,摇橹掀浪,纵横行驶,像浪卷落叶。人的名利之心,到此冰冷。黄鹤楼墙壁上许多题咏诗文,我也记不住,只记得楹联是:"何时黄鹤重来,且共倒金樽,浇洲渚千年芳草;但见白云飞去,更谁吹玉笛,落江城五月梅花。"

黄州赤壁在州府黄州城的汉川门外面,屹立于江边,陡峭如墙壁。石头都是深红色,所以得名赤壁。《水经注》里管它叫赤鼻山,当年苏东坡游览此地后作了《赤壁赋》和《后赤壁赋》,说这里是三国时东吴和曹魏交战的地方,其实不是。现在赤壁下面已经成了陆地,山顶上有二赋亭。

这年冬天十一月,我和琢堂到了荆州。琢堂得了升任潼关观察的消息,留我住在荆州,我没能欣赏蜀中山水,很是惆怅。当时琢堂去了四川,他的儿子敦夫带着家眷以及蔡子琴、席芝堂等人都留在荆州,一起住在刘家的废园中。我记得刘家园子里有厅,匾额上写着"紫藤红树山房"。庭院台阶四面围以石栏杆,又凿了一方池塘,有一亩地大,池塘中建有亭子,有石桥通向岸上。亭子后面砌了土坡石山,上面杂树丛生。园里的其他地方大多是空地,原来的楼阁都破败塌掉了。

平日里众人没有事,或吟诗或长啸,或是出去游玩,或是聚会谈天。虽然年终岁晚,囊中羞涩,但上上下下都处得和气亲热,宁愿典当了衣服来打酒,又置办了一套锣鼓敲着玩。一到晚上就聚集喝酒,一喝酒必行酒令。缺钱的时候,哪怕打上四两便宜的烧刀子,也要行酒令行个痛快。

我在荆州遇到个苏州同乡姓蔡的,蔡子琴和他叙起宗谱来,原来是他同族的侄儿,就请他当导游带我们去游玩荆州名胜。去了荆州府学前的曲江楼,当年张九龄当荆州长史的时候,曾经在上面赋诗。朱子也有诗说:"相思欲回首,但上曲江楼。"城上又有雄楚楼,是五代的时候高季兴建的。规模雄伟高峻,在上面极目远眺可以看到数百里外。荆州城外水流环绕,岸上都种着垂杨,小船在水中来来往往,颇有画意。荆州府署就是当年壮缪侯关羽的帅府,仪门里面有断掉的青石马槽,相传就是赤兔马的食槽。我去城西小湖边寻觅东晋罗含的故居，没有找到。又去城北寻觅战国时楚国宋玉的故居。当年南朝庾信遇到侯景之乱，逃到江陵来，就住在宋玉故居。后来这房子改成了酒家，现在已经认不出是哪家了。

这一年有大除夕，雪后冷得很。新的一年来了，因为在客中，没有拜年贺岁的麻烦事儿。每天就是放鞭炮，放风筝，扎纸灯笼，开心玩乐。不久到了春天，花开风暖，细雨洗尘，琢堂的几个妾带着年幼的女儿、儿子乘船顺着长江东下出川。敦夫也重新收拾行李，众人会合了出发。我们从樊城登陆，一直前往潼关。

从河南阌乡县往西，出了函谷关，关上悬着"紫气东来"四字匾额，这就是当年老子乘着青牛所经过的地方。道路为两山中的夹道，仅仅能让两匹马并行。走了大约十里就是潼关，左面靠着峭壁，右面下临黄河。关塞在山河之间，拔地而起，如扼咽喉。潼关建筑高大，关上修有重楼，城垛累累，极其雄伟高峻。但是车马寥寥，附近也没什么人家。韩愈的诗"日照潼关四扇开"，何等壮丽，哪里如眼前这般地冷落呢？

潼关城里观察职位之下，仅有一位别驾。道员府署紧挨着北城城墙，后面有花园，约三亩地见方。东面西面挖了两个池塘，水从西南墙外流入园中，向东流到两池之间，分流为三：一股向南流入大厨房，作为日常用水；一股向东流入东池；一股流向北后转折而西，从一个石螭首中喷入西池后，绕至西北方，设有水闸以供排水。水流沿着城墙脚往北流，从一个墙洞里流出，直入黄河。园中之水日夜环流，令人耳目清爽。园中树木竹林茂密浓荫，抬头看不见天空。西池中有亭子，四周开满荷花。园之东有三间朝南的书房，前面的中庭设有葡萄架，架下有方石，可以在这里下棋也可以喝点酒。书房前其他地方都是菊花畦。园子西面有朝东的三间轩屋，坐在里面可听流水声。轩屋南面有小门通往内室。北窗之下另开凿有一小小池塘，池北有小庙，祭祀花神。园子正中建有一座三层楼阁，挨着北城墙，和城墙一般高，登楼俯视城外就是黄河。黄河北面，群山如屏风排列，那已经是山西的地界了。真是壮观的景象啊！

我住在园子的南面，屋子盖成船的样式，庭中有土山，上面有小亭，登上亭子可以俯览整个园子。庭中绿荫满地，夏天没有暑气。琢堂为我题了斋名叫"不系之舟"，这真是我当幕僚来住过的第一等好房子。土山之间，种了数十种菊花，可惜没等到开花，琢堂就调任山东按察使了。他的家眷移居到潼川书院，我也跟着去书院居住。

琢堂先往山东去赴任，我和蔡子琴、席芝堂等友人平日无事，就出去游玩。曾骑马去华阴庙，路上经过华封里，就是上古尧帝时华丰人对尧三祝的地方。庙里多秦汉时代的槐树、柏树，树大的都有三四人合抱那么粗，有槐树树干里生出柏树的，也有柏树树干里生出槐树的。大殿下的院子里古碑很多，里面有陈希夷先生写的"福""寿"字样。华山脚下有个玉泉院，就是当年希夷先生得道仙去，褪下形骸的地方。玉泉院里有个一间房大小的石洞，里面石床上塑着希夷先生的卧像。这里水流清澈，沙子洁净，多深红色的草，泉水流得很急，两岸生满翠竹。洞外有个方方的亭子，题额叫"无忧亭"。边上有三株古树，树干纹理好像木炭的裂纹，叶子如槐树叶而颜色更深,不知道是什么树,本地人索性就叫它们"无忧树"。华山高峻,也不知到底几千仞高,真可惜没能够带足干粮去登一次。回来的路上见到路边树林里柿子正黄,就骑在马上摘了一个吃。当地老百姓见了大叫着拦我,我没听,一嚼之下,涩得很,连忙吐了。下马找了水漱口,才能说得出话来,当地人见了大笑。原来柿子要摘下后煮开过一次,才能去掉涩味,这个我都不知道。

十月初,琢堂专门派人从山东来接家眷,我就跟着一起出了潼关,经过河南来了山东。

山东的济南府府城里,西面有大明湖,其中有历下亭、水香亭诸多名胜。若是夏天,柳树荫浓,荷香徐来,带着酒菜泛舟湖中,极有幽静的趣味。我去的时候是冬天,只看到衰柳寒烟,一片空茫茫的湖水,如此而已。趵突泉在济南七十二口泉眼中数第一,有三个泉眼,从地底汹涌而出,水流突起,犹如沸腾。普通的泉水,水都从上往下流,只有这趵突泉是从下往上涌,真是一大奇观。泉水汇集成池,池边有楼,里面供着吕洞宾祖师的像,游客常在楼中喝茶。第二年的二月,我在莱阳找了一份馆职。一直到了丁卯年秋天,琢堂被贬回京中任翰林,我也去了京师。所以人们称赞的登州海市,我都没机会看到。

附录一

清人序、跋、题记

分题沈三白处士浮生六记

刘樊仙侣世原稀,瞥眼风花又各飞;
赢得红闺传好句,"秋深人瘦菊花肥"。君配工诗,此其集中遗句也。

烟霞花月费平章,转觉闲来事事忙;
不以红尘易清福,未妨泉石竟膏肓。

坎坷中年百不宜,无多骨肉更离披;
伤心替下穷途泪,想见空江夜雪时。

秦楚江山逐望开,探奇还上粤王台;
游踪第一应相忆,舟泊胥江月夜怀。

瀛海曾乘汉使槎,中山风土纪皇华;
春云偶住留痕室,夜半涛声听煮茶。

白雪黄芽说有无,指归性命未全虚;
养生从此留真诀,休向娜嬛问素书。

　　　　　　　　阳湖管贻萚树荃。

附录一　清人序、跋、题记

浮生六记序

是编合冒巢民《影梅庵忆语》、方密之《物理小识》、李笠翁《一家言》、徐霞客《游记》诸书，参错贯通，如五侯鲭，如群芳谱，而绪不芜杂，指极幽馨。绮怀可以不删，感遇乌能自已，洵《离骚》之外篇，《云仙》之续记也。向来小说家标新领异，移步换形。后之作者几于无可著笔，得此又树一帜，惜乎卷帙不全，读者犹有遗憾；然其凄艳秀灵，怡神荡魄，感人固已深矣。

仆本恨人，字为秋士。对安仁之长簟，尘掩茵帱；依公瑕之故居，种寻药草（余居定光寺西，为前明周公瑕药草山房故址）。海天琐尾，尝酸味于芦中；山水遨头，骋豪情于花外。我之所历，间亦如君，君之所言，大都先我。惟是养生意懒，学道心违，亦自觉阙如者，又谁为补之欤？浮生若梦，印作珠摩（余藏旧犀角圆印一，镌"浮生若梦"二语）；记事之初，生同癸未（三白先生于乾隆癸未，余生于道光癸未）。上下六十年，有乡先辈为我身作印证，抑又奇已。聊赋十章，岂惟三叹：

> 艳福清才两意谐,宾香阁上斗诗牌。
> 深宵同啜桃花粥,刚识双鲜酱味佳。

> 琴边笑倚鬓双青,跌宕风流总性灵。
> 商略山家栽种法,移春槛是活花屏。

> 分付名花次第开,胆瓶拳石伴金罍。
> 笑他琐碎《板桥记》,但约张魁清早来。

> 曾经沧海难为水,除却巫山不是云。
> 守此情天与终古,人间鸳牒只须焚。

> 衅起家庭剧可怜,幕巢飞燕影凄然。
> 呼灯黑夜开门去,玉树枝头泣杜鹃。

> 梨花憔悴月无聊,梦逐三春尽此宵。三白于三月三十日悼亡。
> 重过玉钩斜畔路,不堪消瘦沈郎腰。

> 雪暗荒江夜渡危,天涯莽莽欲何之?

写来满幅征人苦,犹未生逢兵乱时。

铁花岩畔春多丽,铜井山边雪亦香。
从此拓开诗境界,湖山大好似吾乡。

眼底烟霞付笔端,忽耽冷趣忽浓欢。
画船灯火层寮月,都作登州海市观。

便做神仙亦等闲,金丹苦炼几生悭。
海山闻说风能引,也在虚无缥缈间。

　　　　　　同治甲戌初冬,香禅精舍近僧题。

浮生六记序

《浮生六记》一书,余于郡城冷摊得之,六记已缺其二,犹作者手稿也。就其所记推之,知为沈姓号三白,而名则已逸,遍访城中无知者。其书则武林叶桐君刺史、潘麐生茂才、顾云樵山人、陶芑孙明经诸人,皆阅而心醉焉。弢园王君寄示阳湖管氏所题《浮生六记》六绝句,始知所亡《中山纪历》盖曾到琉球也。书之佳处已详于麐生所题。近僧即麐生自号,并以"浮生若梦为欢几何"之小印,钤于简端。

光绪三年七月七日,独悟庵居士杨引传识。

浮生六记跋

予妇兄杨甦补明经曾于冷摊上购得《浮生六记》残本,笔墨间缠绵哀感一往情深,于伉俪尤敦笃。卜宅沧浪亭畔,颇擅水石林树之胜,每当茶熟香温,花开月上,夫妇开尊对饮,觅句联吟,其乐神仙中人不啻也。曾几何时,一切皆幻。此记之所由作也。予少时尝跋其后云:"从来理有不能知,事有不必然,情有不容已。夫妇准以一生,而或至或不至者,何哉?盖得美妇非数生修不能,而妇之有才有色者,辄为造物所忌,非寡即夭。然才人与才妇旷古不一合,苟合矣,即寡夭焉,何憾!正惟其寡夭焉,而情益深;不然,即百年相守,亦奚裨乎?呜呼!人生有不遇之感,兰杜有零落之悲。历来才色之妇,湮没终身,抑郁无聊,甚且失足堕行者不少矣,而得如所遇以夭者,抑亦难之。乃后之人凭吊,或嗟其命之不辰,或悼其寿之弗永,是不知造物者所以善全之意也。美妇得才人,虽死贤于不死。彼庸庸者即使百年相守,而不必百年已泯然尽矣。造物所以忌之,正造物所以成之哉?"顾跋后未越一载,遽赋悼亡,若此语为之谶也。是书余惜未抄副本,旅粤以来时忆及之。今闻甦补已出付尊闻阁主人以活字板排印,特邮寄此跋,附于卷末,志所始也。

丁丑秋九月中旬,淞北玉鲛生王韬病中识。

附录二

伪作二卷

《中山记历》《养生记逍》

中山记历

嘉庆四年,岁在己未,琉球国中山王尚穆薨。世子尚哲先七年卒,世孙尚温表请袭封。中朝怀柔远藩,锡以恩命,临轩召对,特简儒臣。

于是,赵介山先生,名文楷,太湖人,官翰林院修撰,充正使。李和叔先生,名鼎元,绵州人,官内阁中书,副焉。介山驰书约余偕行,余以高堂垂老,惮于远游。继思游幕二十年,遍窥两戒,然而尚囿方隅之见,未观域外,更历瀛溟之胜,庶广异闻。禀商吾父,允以随往。从客凡五人:王君文诰,秦君元钧,缪君颂,杨君华才,其一即余也。

五年五月朔日,随荡节以行,祥飙送风,神鱼扶舳,计六昼夜,径达所届。

凡所目击,咸登掌录。志山水之丽崎,记物产之瑰怪,载官司之典章,嘉士女之风节。文不矜奇,事皆记实。自惭谫陋,甘贻测海之嗤;要堪传言,或胜凿空之说云尔。

五月朔日,恰逢夏至,袚被登舟。向来封中山王,去以夏至,乘西南风,归以冬至,乘东北风,风有信也。舟二,正使与副使共乘其一,舟身长七丈,首尾虚艄三丈,深一丈三尺,宽二丈二尺,较历来封舟,几小一半。前后各一桅,长六丈有奇,围三尺;中舱前一桅,长十丈有奇,围六尺,以番木为之。通计二十四舱,舱底贮石,载货十一万斤有奇,龙口置大炮一,左右各置大炮二,兵器贮舱内。大桅下,横大木为辘轳,移炮升篷皆仗之。辇以数十人,舱面为战台,尾楼为将台,立帜列藤牌,为使臣厅事。下即舵楼,舵前有小舱,实以沙布针盘。中舱梯而下,高可六尺,为使臣会食地。前舱贮火药贮米,后以居兵。稍后为水舱,凡四井。二号船称是。每船约二百六十馀人,船小人多,无立锥处。风信已届,如欲易舟,恐延时日也。

　　初二日,午刻,移泊鳌门。申刻,庆云见于西方,五色轮囷,适与楼船旗帜上下辉映,观者莫不叹为奇瑞。或如玄圭,或如白珂,或如灵芝,或如玉禾,或如绛绡,或如紫绖,或如文杏之叶,或如含桃之颗,或如秋原之草,或如春湘之波。向读屠长卿赋,今始知其形容之妙也。

　　画士施生,为《航海行乐图》,甚工。余见兹图,遂乃搁笔。香崖虽善画,亦不能办此。

初四日,亥刻起碇,乘潮至罗星塔。海阔天空,一望无际。余妇芸娘,昔游太湖,谓得见天地之宽,不虚此生,使观于海,其愉快又当何如?

初九日,卯刻,见彭家山,列三峰,东高而西下。申刻,见钓鱼台,三峰离立,如笔架,皆石骨。惟时水天一色,舟平而驶,有白鸟无数,绕船而送,不知所自来。

入夜,星影横斜,月光破碎,海面尽作火焰,浮沉出没,木华《海赋》所谓"阴火潜然"者也。

初十日,辰正,见赤尾屿。屿方而赤,东西凸而中凹,凹中又有小峰二。船从山北过,有大鱼二,夹舟行,不见首尾,脊黑而微绿,如十围枯木,附于舟侧。舟人以为风暴将起,鱼先来护。午刻,大雷雨以震,风转东北,舵无主,舟转侧甚危。幸而大鱼附舟,尚未去。忽闻霹雳一声,风雨顿止。申刻,风转西南且大,合舟之人,举手加额,咸以为有神助。得二诗以志之。诗云:"平生浪迹遍齐州,又附星槎作远游。鱼解扶危风转顺,海云红处是琉球。""白浪滔滔撼大荒,海天东望正茫茫。此行足壮书生胆,手挟风雷意激昂。"自谓颇能写出尔时光景。

十一日,午刻,见姑米山,山共八岭,岭各一二峰,或断或续。未刻,大风暴雨如注,然雨虽暴而风顺。酉刻,舟已近山。琉球人以姑米多礁,黑夜不敢进,待明而行,亦不下碇,但将篷收回,顺风而立,则舟荡漾而不能进退。戌刻,舟中举号火,姑米山有人应之。询知为球人暗令,日则放炮,夜则举火,仪注所谓得信者,此也。

十二日,辰刻,过马齿山。山如犬羊相错,四峰离立,若马行空。计又行七更,船再用甲寅针,取那霸港,回望见迎封船在后,共相庆幸。历来针路所见,尚有小琉球、鸡笼山、黄麻屿,此行俱未见。问知琉球伙长,年已六十,往来海面八次,每度细审得其准的,以为不出辰卯二位,而乙卯位单,乙针尤多,故此次最为简捷,而所见亦仅三山,即至姑米。针则开洋用单辰,行七更后,用乙卯,自后尽用乙,过姑米,乃用乙卯,惟记更以香,殊难凭准。念五虎门至官塘,里有定数,因就时辰表按时计里,每时约行百有十里。自初八日未时开洋,讫十二日辰时,计共五十八时。初十日暴风停两时,十一日夜畏触礁停三时,实行五十三时,计程应得五千八百三十里,计到那霸港,实洋面六千里有奇。据琉球伙长云:海上行舟,风小固不能驶,风过大亦不能驶。风大则浪大,浪大力能壅船,进尺仍退二寸。惟风七分,浪五分,最宜驾驶,此次是也。从来渡海,未有平稳而驶如此者。于时球人驾独木船数十,以纤挽舟而行,迎封三接如仪。辰刻,进那霸港。先是,二号船于初十日望不见,至是乃先至,迎封船亦随后至,齐泊临海寺前。伙长云:从未有三舟齐到者。

午刻登岸,倾国人士,聚观于路,世孙率百官迎诏如仪。世孙年十七,白皙而丰颐,仪度雍容,善书,颇得松雪笔意。按《中山世鉴》:隋使羽骑尉朱宽至国,于万涛间见地形如虬龙浮水,始曰流虬,而《隋书》又作流求,《新唐书》作流鬼,《元史》又作瑠求,明复作琉球。《世鉴》又载,元延祐元年,国分为三大里,凡十八国,或称山南王,或称山北王。余于中山南山游历几遍,大村不及二里,而即谓之国,得勿夸大乎?琉人每言大风,必曰台飓。按韩昌黎诗:"雷霆逼飓飓。"是与飓同称者为飓。《玉篇》:"飓,大风也,于笔切。"《唐书·百官志》:"有飓海道。"或系球人误书。《隋书》称琉球有虎狼熊罴,今实无之。又云无牛羊驴马,驴诚无,而六畜无不备,乃知书不可尽信也。

天使馆西向,仿中华廨署,有旗竿二,上悬册封黄旗。有照墙,有东西辕门,左右有鼓亭,有班房。大门署曰"天使馆",门内廊房各四楹。仪门署曰"天泽门",万历中使臣夏子阳题,年久失去,前使徐葆光补出。门内左右各十一间,中有甬道,道西榕树一株,大可十围,徐公手植。最西者为厨房,大堂五楹,署曰"敷命堂",前使汪楫题。稍北葆光额曰"皇纶三锡"。堂后有穿堂直达二堂,堂五楹,中为副使会食之地,前使周公署曰"声教东渐"。左右即寝室。堂后南北各一楼,南楼为正使所居,汪楫额曰"长风阁",北楼为副使所居,前使林麟焴额曰"停云楼",额北有诗牌,乃海山先生所题也。周砺礁石为垣,望同百雉。垣上悉植火凤,干方,无花有刺,似霸王鞭,叶似慎火草,俗谓能避火,名吉姑罗。南院有水井。楼皆上覆瓦,下砌方砖。院中平似沙,桌椅床帐,悉仿中国式,寄尘得诗四首,有句云:"相看楼阁云中出,即是蓬莱岛上居。"又有句云:"一舟剪径凭风信,五日飞帆驻月楂。"皆真情真境也。

孔子庙在久米村,堂三楹,中为神座,如王者垂旒搢圭,而署其主曰"至圣先师孔子神位"。左右两龛,龛二人立侍,各手一经,标曰《易》、《书》、《诗》、《春秋》,即所谓四配也。堂外为台,台东西拾级以登,栅如棂星门。中仿戟门,半树塞以止行者。其外临水为屏墙。堂之东为明伦堂,堂北祀启圣。久米士之秀者,皆肄业其中,择文理精通者为之师,岁有廪给,丁祭一如中国仪。敬题一诗云:"洋溢声名四海驰,岛邦也解拜先师。庙堂肃穆垂旒贵,圣教如今洽九夷。"用伸仰止之忱。

国中诸寺,以圆觉为大。渡观莲塘桥,亭供辨才天女,云即斗姥。将入门,有池曰圆鉴,荇藻交横,芰荷半倒。门高敞,有楼翼然。左右金刚四,规模略仿中国。佛殿七楹。更进,大殿亦七楹,名龙渊殿。中为佛堂,左右奉木主,亦祀先王神位,兼祀祧主。左序为方丈,右序为客座,皆设席,周缘以布,下衬极平而净,名曰踏脚绵。方丈前为蓬莱庭。左为香积厨,侧有井,名不冷泉。客座右为古松岭,异石错舛,列于松间。左厢为僧寮,右厢为狮子窟。僧寮南有乐楼,楼南有园,饶花木,此乃圆觉寺之胜概也。

又有护国寺,为国王祷雨之所。龛内有神,黑而裸,手剑立,状甚狰狞。有钟,为前明景泰七年铸。寺后多凤尾蕉,一名铁树。又有天王寺,有钟,亦为景泰七年铸。又有定海寺,有钟,为前明天顺三年铸。至于龙渡寺、善兴寺、和光寺,荒废无可述者。

此邦海味,颇多特产,为中国之所罕见。一石鉅,似墨鱼而大,腹圆如蜘蛛,双须八手,攒生两肩,有刺类海参，无足无鳞介如鲍鱼。登莱有所谓八带鱼者，以形考之，殆是石鉅，或即乌贼之别种欤？一海蛇，长三尺，僵直如朽索，色黑，状狰狞，土人云能杀虫、疗疮、已病，殆永州异蛇类，土俗甚重之，以为贵品。一海胆，如蝟，剥皮去肉，捣成泥，盛以小瓶，可供馔。一寄生螺，大小不一，长圆各异，皆负壳而行。螺中有蟹，两螯八跪，跪四大四小，以大跪行，螯一大一小，小者常隐，大者以取食，触之则大跪尽缩，以一大螯拒户，蟹也而有螺性。《海赋》所云"璅蛣腹蟹"，岂其类欤？《太平广记》谓蟹入螺中，似先有蟹。然取置碗中以观其求脱之势，力猛壳脱，顷刻死，则又与壳相依为命。造物不测，难以臆度也。一沙蟹，阔而薄，两螯大于身，甲小而缺其前，缩两螯以补之，若无缝，八跪特短，脐无甲，尖团莫辨，见人则凹双睛，噀水高寸许，似善怒。养以沙水，经十馀日，不食亦不死。一蚶，径二尺以上，围五尺许，古人所谓屋瓦子，以壳形凹凸，像瓦屋也。一海马肉，薄片回屈如刨花，色如片茯苓，品之最贵者不易得，得则先以献王。其状鱼身马首，无毛而有足，皮如江豚。此皆海味之特产也。

此邦果实，亦有与中国不同者。蕉实状如手指，色黄，味甘，瓣如柚，亦名甘露。初熟色青，以糖覆之则黄,其花红,一穗数尺,瓤须五六出,岁实为常,实如其须之数。中国亦有蕉,不闻岁结实,亦无有抽其丝作布者,或其性殊欤?

布之原料,与制布之法,亦有与中国异者。一曰蕉布,米色,宽一尺,乃芭蕉沤抽其丝织成,轻密如罗。一曰苎布,白而细,宽尺二寸,可敌棉布。一曰丝布,白而棉软,苎经而丝纬,品之最尚者。《汉书》所谓蕉筒荃葛,即此类也。一曰麻布,米色而粗,品最下矣。国人善印花,花样不一,皆剪纸为范,加范于布,涂灰焉,灰干去范,乃着色,干而浣之,灰去而花出,愈浣而愈鲜,衣敝而色不退。此必别有制法,秘不语人,故东洋花布,特重于闽也。

此邦草木,多与中国异称,惜未携《群芳谱》来,一一辨证之耳。"罗汉松"谓之樫木,"冬青"谓之福木,"万寿菊"谓之禅菊。"铁树"谓之凤尾蕉,以叶对出形似也;亦谓之海棕榈,以叶盖头形似也。有携至中华以为盆玩者,则谓之万年棕云。凤梨开花者谓之男木,白瓣若莲,颇香烈,不实;无花者谓之女木,而实大,如瓜可食。或云即波罗蜜别种,球人又谓之阿旦呢。月橘,谓之十里香,叶如枣,小白花,甚芳烈,实如天竹子,稍大。闻二月中红,累累满树,若火齐然,惜余未及见也。

球阳地气多暖,时届深秋,花草不杀,蚊雷不收,荻花盛开。野牡丹二三月花,至八月复花累累如铃铎,素瓣,紫晕,檀心,圆而大,颇芳烈。佛桑四季皆花,有白色,有深红、粉红二色。因得一诗,诗云:"偶随使节泛仙槎,日日春游玩物华。天气常如二三月,山林不断四时花。"亦真情真景也。球人嗜兰,谓之孔子花,陈宅尤多异产。有风兰,叶较兰稍长,篾竹为盆,挂风前,即蕃衍。有名护兰,叶类桂而厚,稍长如指,花一箭八九出,以四月开,香胜于兰,出名护岳岩石间,不假水土,或寄树桠,或裹以棕而悬之,无不茂。有粟兰,一名芷兰,叶如凤尾花,作珍珠状。有棒兰,绿色,茎如珊瑚,无叶,花出桠间,如兰而小,亦寄树活。又有西表松兰、竹兰之目,或致自外岛,或取之岩间,香皆不减兰也。因得一诗,诗云:"移根绝岛最堪夸,道是森森阙里花。不比寻常凡草木,春风一到即繁华。"题诗既毕,并为写生,愧无黄筌之妙笔耳。

沿海多浮石,嵌空玲珑,水击之,声作钟磬,此与中国彭蠡之口石钟山相似。

闲居无可消遣,与施生弈,用琉球棋子。白者磨螺之封口石为之,内地小螺拒户有圆壳,海螺大者,其拒户之壳,厚五六分,径二寸许,圆白如砗磲,土人名曰封口石。黑者磨苍石为之,子径六分许,围二寸许,中凸而四围削,无正背面,不类云南子式。棋盘以木为之,厚八寸,四足,足高四寸,面刻棋路。其俗好弈,举棋无不定之说,颇亦有国手,局终数空眼多少,不数实子,数正同。相传国中供奉棋神,画女相如仙子,不令人见,乃国中雅尚也。

六月初八日辰刻,正副使恭奉谕祭文及祭银焚帛,安放龙彩亭内,出天使馆东行,过久米林、泊村至安里桥,即真玉桥,世孙跪接如仪,即导引入庙。礼毕,引观先王庙。正庙七楹,正中向外,通为一龛,安奉诸王神位。左昭自舜马至尚穆,共十六位,右穆自义本至尚敬,共十五位。是日球人观者,弥山匝地,男子跪于道左,女子聚立远观。亦有施帷挂竹帘者,土人云系贵官眷属。女皆黥首,指节为饰,甚者全黑,少者间作梅花斑。国俗不穿耳,不施脂粉,无珠翠首饰。人家门户,多树石敢当碣,墙头多植吉姑罗,或楑树,剪剔极齐整。

国人呼中国为唐山,呼华人为唐人。

球地皆土沙,雨过即可行,无泥泞。奥山有却金亭,前明册使陈给事侃,归时却金,故国人造亭以表之。

辨岳,在王宫东南三里许,过圆觉寺,从山脊行,水分左右,堪舆家谓之过峡,中山来脉也。山大小五峰,最高者谓之辨岳,灌木密覆,前有石柱二,中置栅二,外板阁二。少左,有小石塔,左右列石案五。折而东,数十级至顶,有石垆二,西祭山,东祭海岳之神。曰祝,祝谓是天孙氏第二女云。国王受封,必斋戒亲祭。正五九月,祭山海及护国神,皆在辨岳也。

波上、雪崎及龟山,余已游遍,而要以鹤头为最胜。随正副使往游,陟其巅,避日而坐,草色粘天,松阴匝地,东望辨岳,秀出天半,王宫历历如画。其南,则近水如湖,远山如岸,丰见城巍然突出,山南王之旧迹犹有存者。西望马齿、姑米,出没隐见,若近若远,封舟之来路也。北俯那霸、久米,人烟辐辏,举凡山川灵异,草木阴翳,鱼鸟沉浮,云烟变灭,莫不争奇献巧,毕集目前。乃知前日之游,殊为鲁莽。梁大夫小具盘樽,席地而饮,余亦趣仆以酒肴至。未申之交,凉风乍生,微雨将洒,乃移樽登舟。时海潮正涨,沙岸弥漫,遂由奥山南麓折而东北,山石嵌空欲落,海燕如鸥,渔舟似织。俄而返照入山,冰轮出水,文鳐无数,飞射潮头。与介山举觞弄月,击楫而歌,樽不空,客皆醉。越渡里村,漏已三下。却金亭前,列炬如昼,迎者倦矣。乃相与步月而归,为中山第一游焉。

泉崎桥桥下,为漫湖浒。每当晴夜,双门供月,万象澄清,如玻璃世界,为中山八景之一。旺泉味甘,亦为中山八景之一。王城有亭,依城望远,因小憩亭中,品瑞泉,纵观中山八景。八景者,泉崎夜月、临海潮声、久米村竹篱、龙洞松涛、笋厓夕照、长虹秋霁、城岳灵泉、中岛蕉园也。亭下多棕榈紫竹,竹丛生,高三尺馀,叶如棕,狭而长,即所谓观音竹也。亭南有蚶壳,长八尺许,贮水以供盥,知大蚶不易得也。

国人浣漱不用汤,家竖石桩,置石盂或蚶壳其上,贮水。旁置一柄筒,晓起,以筒盛水浇而盥漱之,客至亦然。

地多草,细软如毯,有事则取新沙覆之。国人取玳瑁之甲以为长簪,传至中国,率由闽粤商贩。球人不知贵,以为贱品。昆山之旁,以玉抵鹊,地使然也。

丰见山顶,有山南王第故城。徐葆光诗有"颓垣宫阙无全瓦,荒草牛羊似破村"之句。王之子孙,今为那姓,犹聚居于此。

辻山,国人读为失山,琉球字皆对音,十失无别,疑迭之误也。副使辑《球雅》,谓一字作二三字读,二三字作一字读者,皆义而非音,即所谓寄语,国人尽知之。音则合百馀字或十馀字为一音,与中国音迥异。国中惟读书通文理者,乃知对音,庶民皆不知也。久米官之子弟,能言,教以汉语;能书,教以汉文。十岁称"若秀才",王给米一石。十五薙发,先谒孔圣,次谒国王,王籍其名,谓之"秀才",给米三石。长则选为通事,为国中文物声名最,即明三十六姓后裔也。那霸人以商为业,多富室。明洪武初,赐闽人三十六姓善操舟者往来朝贡,国中久米村,梁、蔡、毛、郑、陈、曾、阮、金等姓,乃三十六姓之裔,至今国人重之。

与寄公谈玄理,颇有入悟处,遂与唱和成诗。法司蔡温、紫金大夫程顺则、蔡文溥,三人诗集,有作者气。顺则别著《航海指南》,言渡海事甚悉。蔡温尤肆力于古文,有《蓑翁语录》《至言》等目,语根经学,有道学气,出入二氏之学,盖学朱子而未纯者。

琉球山多瘠硗,独宜薯。父老相传,受封之岁,必有丰年。今岁五月稍旱,幸自后雨不愆期,卒获大丰,薯可四收,海邦臣民,倍觉欢欣。金曰:"非受封岁,无此丰年也。"

六月初旬,稻已尽收。球阳地气温暖,稻常早熟,种以十一月,收以五六月。薯则四时皆种,三熟为丰,四熟则为大丰。稻田少,薯田多,国人以薯为命,米则王官始得食。亦有麦豆,所产不多。五月二十日,国中祭稻神。此祭未行,稻虽登场,不敢入家也。

七月初旬始见燕,不巢人屋。中国燕以八月归,此燕疑未入中国者,其来以七月,巢必有地。别有所谓海燕,较紫燕稍大,而白其羽,有全白似鸥者,多巢岛中,间有至中国,人皆以为瑞。应潮鸡,雄纯黑,雌纯白,皆短足长尾,驯不避人。香厓购一小犬,而毛豹斑,性灵警,与饭不食,与薯乃食,知人皆食薯矣。鼠雀最多,而鼠尤虐。亦有猫,不知捕鼠,邦人以为玩,乃知物性亦随地而变。鹰、雁、鹅、鸭特少。

枕有方如圭者,有圆如轮而连以细轴者,有如文具藏数层者,制特精,皆以木为之,率宽三寸,高五寸,漆其外,或黑或朱,立而枕之,反侧则仆。按《礼记·少仪》注:"颖,警枕也。"谓之颖者,颖然警悟也。又司马文正公以圆木为警枕,少睡则转而觉,乃起读书,此殆警枕之遗。

衣制皆宽博交衽,袖广二尺,口皆不缉,特短袂,以便作事。襟率无钮带,总名衾。男束大带,长丈六尺、宽四寸以为度,腰围四五转,而收其垂于两胁间,烟包、纸袋、小刀、梳、篦之属,皆怀之,故胸前襟带抅起凸然。其胁下不缝者,惟幼童及僧衣为然。僧别有短衣如背心,谓之断俗,此其概也。帽以薄木片为骨,叠帕而蒙之,前七层,后十一层。花锦帽远望如屋漏痕者,品最贵,惟摄政王叔国相得冠之;次品花紫帽,法司冠之;其次则纯紫。大略紫为贵,黄次之,红又次之,青绿斯下。各色又以绫为贵,绢为次。国王未受封时,戴乌纱帽,双翅侧冲上向,盘金,朱缨垂额,下束五色绦,至是冠皮弁,状如中国梨园演王者便帽,前直列花瓣七,衣蟒腰玉。

肩舆如中国饼轿,中置大椅,上施大盖,无帷幔,辕粗而长,无绊,无横木,以八人左右肩之而行。

杜氏《通典》载琉球国俗,谓妇人产必食子衣,以火自炙,令汗出。余举以问杨文凤然乎?对曰:"火炙诚有之,食衣则否。"即今中山已无火炙俗,惟北山犹未尽改。

嫁娶之礼,固陋已甚。世家亦有以酒肴珠贝为聘者,婚时即用本国轿,结彩鼓乐而迎,不计妆奁,父母送至夫家即返,不宴客。至亲具酒贺,不过数人。《隋书》云:琉球风俗,男女相悦,便相匹偶,盖其旧俗也。询之郑得功,郑得功曰:"三十六姓初来时,俗尚未改,后渐知婚礼,此俗遂革。今国中有夫之妇,犯奸即杀。"余始悟琉球所以号守礼之国者,亦由三十六姓教化之力也。

小民有丧,则邻里聚送,观者护丧,掩毕即归。宦家则同官相知者,亦来送柩,出即归,大都不宴客。题主官率皆用僧,男书圆寂大禅定,女书禅定尼,无考妣称,近日宦家亦有书官爵者。棺制三尺,屈身而殓之,近宦家亦有长五六尺者,民则仍旧。

此邦之人,肘比华人稍短,《朝野佥载》亦谓人形短小似昆仑。余所见士大夫短小者固多,亦有修髯丰颐者,颀而长者,胖而腹腰十围者,前言似未足信。人体多狐臭,古所谓愠羝也。

世禄之家皆赐姓,士庶率以田地为姓,更无名,其后裔则云某氏之子孙几男,所谓田米私姓也。

国中兵刑惟三章:杀人者死,伤人及重罪徒,轻罪罚日中晒之,计罪而定其日。国中数年无斩犯,间有犯斩罪者,又率引刀自剖腹死。

七月十五夜,开窗见人家门外皆列火炬二,询之土人云:国俗于十五日盆祭,预期迎神,祭后乃去之。盆祭者,中国所谓盂兰会也。连日见市上小儿各手一纸幡,对立招展,作迎神状,知国俗盆祭祀先,亦大祭矣。

龟山南岸有窑,国人取车螯大蚶之壳以煅,墁灰壁不及石灰,而粘过者。再东北有池,为国人煮盐处。

七月二十五日,正副使行册封礼,途中观者益众。上万松岭,迤逦而东,衢道修广,有坊,榜曰"中山道",

又进一坊，榜曰"守礼之邦"。世孙戴皮弁，服蟒衣，腰玉带，垂裳结佩，率百官跪迎道左。更进为欢会门，踞山巅，叠礁石为城，削磨如壁，有鸟道，无雉堞，高五尺以上，远望如聚髑髅。始悟《隋书》所谓王居多聚髑髅于其下者，乃远望误于形似，实未至城下也。城外石厓，左镌"龙冈"字，右镌"虎峚"字。

王宫西向，以中国在海西，表忠顺面向之意。后东向为继世门，左南向为水门，右北向为久庆门。再进层厓，有门西北向曰瑞泉，左右有道，有左掖、右掖二门。更进有漏西向，榜曰"刻漏"，上设铜壶漏水。更进有门西北向，为奉神门，即王府门也。殿廷方广十数亩，分砌二道。由甬道进至阙廷，为王听政之所。壁悬伏羲画卦像，龙马负图立其前，绢色苍古，微有剥蚀，殆非近代物。北宫殿屋固朴，屋举手可接，以处山冈，且阻海飓。面对为南宫。此日正副使宴于北宫，大礼既成，通国欢忭。闻国王经行处，悉有彩饰，泉崎道旁，列盆花异卉，绕以朱栏，中刻木作麒麟形，题曰："非龙非彪，非熊非罴，王者之瑞兽。"天妃宫前，植大松六，叠假山四，作白鹤二，生子母鹿三。池上结棚，覆以松枝，松子垂如葡萄。池中刻木鲤大小五，令浮水面。环池以竹，栏旁有坊曰偕乐坊，柱悬一版，题曰："鹿濯濯，鸟嚣嚣,牣鱼跃。"归而述诸副使,副使曰:"此皆志略所载,事隔数十年。一字不易,可谓印板文字矣。"从客皆笑。

宜野湾县有龟寿者,事继母以孝,国人莫不闻。母爱所生子,而短龟寿于其父伊佐前,且不食以激其怒。伊左惑之,欲死龟寿,将令深夜汲北宫,要而杀之。仆匿龟寿于家,往谏伊佐,伊佐缚而放之,且谓事已露,不可杀,乃逐龟寿。龟寿既被放,欲自尽,又恐张母恶。值天雨雹,病不支,僵卧于路。巡官见之,近而抚其体犹温,知未死,覆以己衣。渐苏,徐诘其故,龟寿不欲扬父母之恶,饰词告之。初,巡官闻孝子龟寿被放,意不平,至是见言语支吾,疑即龟寿,赐衣食令去。密访得其状,乃传集村人,系伊佐妻至,数其罪而监之。将告于王,龟寿愿以身代,巡官不忍伤孝子心,召伊佐夫妇面谕之。妇感悟,卒为母子如初。副使既为之记,余复为诗以表章之,诗云:"辀轩问俗到球阳,潜德端须为阐扬。诚孝由来能感格,何殊闵损与王祥。"以为事继母而不能尽孝者劝。

经迭山墟方集,因步行集中,观所市物,薯为多,亦有鱼、盐、酒、菜、陶、木器、蕉苎、土布,粗恶无足观者。国无肆店,率业于其家,市货以有易无,不用银钱。闻国中率用日本宽永钱,比来亦不见。昨香厓携示串钱,环如鹅眼,无轮廓,贯以绳,积长三寸许,连四贯而合之,封以纸,上有钤记,此球人新制钱,每封当大钱十。盖国中钱少,宽永钱铜质较美,恐或有人买去,故收藏之。特制此钱应用,市中无钱以此。

国中男逸女劳,无有肩担背负者,趋集、织纴及采薪、运水,皆妇人主之。凡物皆戴之顶,女衣既无钮无带,又不束腰,而国俗男女皆无裤,势须以手曳襟,襟较男衣长,叠襟下为两层,风不得开。因悟髻必偏坠者,以手既曳襟,须空其顶以戴物,童而习之,虽重百觔,登山涉涧,无倾侧,是国中第一绝技也。其动作时,常卷两袖至背,贯绳而束之。发垢辄洗,洗用泥,脱衣结于腰,赤身低头,见人亦不避。抱儿惟一手,又置腰间,即藉以曳襟。

东苑在崎山,出欢会门,折而北,逐瑞泉下流,至龙渊桥,汇而为池,广可十丈,长可数十丈,捍以堤,曰龙潭,水清鱼可数,荷叶半倒。再折而东,有小村,篠屏修整,松盖阴翳,薄云补林,微风啸竹,园外已极幽趣。入门,板亭二,南向。更进而南,屋三楹。亭东有阜,如覆盂。折而南,有岩西向,上镌梵字,下蹲石狮一,饰以五采。再下,有小方池,凿石为龙首,泉从口出。有金鱼池,前竹万竿,后松百挺。再东,为望仙阁,前有东苑阁,后为能仁堂,东北望海,西南望山,国中形胜,此为第一。

南苑之胜,亦不减于东苑。苑中马富盛。折而东,循行阡陌间,水田漠漠,番薯油油,绝无秋景。薯有新种者,问知已三收矣。再入山,松阴夹道,茅屋参差,田家之景可画。计十馀里,始入苑村,名姑场川,即同乐苑也。苑踞山脊,轩五楹,夹室为复阁,颇曲折。轩前有池新凿,狭而东西长。叠礁为桥,桥南新阜累累,因阜以为亭,宜远眺。亭东植奇花异卉,有花绝类蝴蝶,绛红色,叶如嫩槐,曰蝴蝶花。有松叶如白毛,曰白发松。池东旧有亭,圮,以布代之。池西有阁,颇轩敞,四面风来,宜纳凉。有阁曰迎晖,有亭曰一览,即正副使所题也。轩北有松,有凤蕉,有桃,有柳。黄昏举烟火,略同中国。余偕寄尘游波上,板阁无他神,惟挂铜片幡,上凿"奉寄御币"字,后署云:"元和二年壬戌。"或疑为唐时物,非也。按元和二年为丁亥,非壬戌也。日本马场信武撰《八卦通变指南》,内列三元指掌,云上元起永禄七年甲子,止元和三年癸亥。如元起宽永元年甲子,止元和三年癸亥。下元起贞亨元年甲子。今元禄十六年癸未,国中既行宽永钱,证以元和日本僭号,知琉球旧曾奉日本正朔,今讳言之欤?

纸鸢制无精巧者,儿童多立屋上放之。按中国多放于清明前,义取张口仰视,宣导阳气,令儿少疾;今放于九月,以非九月纸鸢不能上,则风力与中国异,即此可验球阳气暖,故能十月种稻。

国俗男欲为僧者听,既受戒,有廪给。有犯戒者,饬令还俗,放之别岛。女子愿为土妓者亦听,接交外客,女之兄弟仍与外客叙亲往来,然率皆贫民,故不以为耻。若已嫁夫而复敢犯奸者,许女之父兄自杀之,不以告王。即告王,王亦不赦。此国中良贱之大防,所以重廉耻也。此邦有红衣妓,与之言不解,按拍清歌,皆方言也。然风韵亦正有佳者,殆不减憨园。近忽因事他迁,以扇索诗,因题二诗以赠之。诗云:"芳龄二八最风流,楚楚腰身剪剪眸。手抱琵琶浑不语,似曾相识在苏州。""新愁旧恨感千端,再见真如隔世难。可惜今宵好明月,与谁共卷绣帘看?"

国人率恭谨,有所受,必高举为礼,有所敬,则俯身搓手而后膜拜。劝尊者酒,酌而置杯于指尖以为敬,平等则置手心。

此邦屋俱不高,瓦必瓯,以避飓也。地板必去地三尺,以避湿也。屋脊四出,如八角亭,四面接修,更无重构复室,以省材也。屋无门户,上限刻双沟,设方格,糊以纸,左右推移,更不设暗闩,利省便,恃无盗也。临街则设矣。神龛置青石于炉,实以沙,祀祖神也。国以石为神,无传真也。瓦上瓦狮,《隋书》所谓兽头骨角也。壁无粉墁,示朴也。贵家间有糊砑粉花笺,习华风,渐奢也。

龟山有峰独出,与众山绝,前附小峰,离约二丈许。邦人驾石为洞,连二山,高十丈馀,结布幔于洞东。小憩,拾级而登,行洞上又十馀级,乃陟巅。巅恰容一楼,楼无名,四面轩豁,无户牖。副使谓余曰:"兹楼俯中山之全势,不可无名。"因名之曰"蜀楼",并为之跋曰:"蜀者何?独也。楼何以蜀名?以其踞独山也。不曰独而曰蜀者,以副使为蜀人,楼构已百年,而副使乃名之,若有待也。"楼左瞰青畴,右扶苍石,后临大海,前揖中山,坐其中以望,若建瓴焉。余又请于副使曰:"额不可无联。"副使因书前四语付之。归路循海而西,厓洞溪壑皆奇峭,是又一胜游矣。

越南山,度丝满村,人家皆面海,奇石林立。遵海而西,有山,翠色攒空,石骨穿海,曰沙岳。时午潮初退,白石邻邻,群马争驰,飞溅如雨。再西,度大岭村,丛棘为篱,渔网数百晒其上。村外水田漠漠,泥淖陷马。有牛放于冈,汪《录》谓马耕无牛,今不尽然也。

本岛能中山语者,给黄帽为酋长,岁遣亲云上,监抚之,名奉行官,主其赋讼。各赋其土之宜,以贡于王。间切者,外府之谓。首里、泊、久来、那霸四府为王畿,故不设,此外皆设。职在亲民,察其村之利弊,而报于亲云上。间切,略如中国知府。中山属府十四,间切十,山南省属府十二,山北省属府九,间切如其府数。

国俗自八月初十至十五日,并蒸米,拌赤小豆为饭相饷,以祭月,风同中国。是夜,正副使邀从客露饮,月光澄水,天色拖蓝,风寂动息,潮声杂丝肉声自远而至,恍置身三山,听子晋吹笙,麻姑度曲,万缘俱静矣。宇宙之大,同此一月。回忆昔日萧爽楼中,良宵美景,轻轻放过,今则天各一方,能无对月而兴怀乎?

世传八月十八日为潮生辰,国俗,于是夜候潮波上。子刻,偕寄尘至波上,草如碧毯,沾露愈滑,扶仆行,凭垣倚石而坐。丑刻,潮始至,若云峰万叠,卷海飞来。须臾,腥气大盛,水怪抟风,金蛇掣电,天柱欲折,地轴暗摇,雪浪溅衣,直高百尺,未敢遽窥鲛宫,已若有推而起之者,迷离惝恍,千态万状。观此,乃知枚乘《七发》,犹形容未尽也。潮既退,始闻嚘呹之声出礁石间,徐步至护国寺,尚似有雷霆震耳,潮至此,观止矣。

元旦至六日,贺节。初五日,迎灶。二月,祭麦神。十二日,浚井,汲新水,俗谓之洗百病。三月三日,作艾糕。五月五日,竞渡。六月六日,国中作六月节,家家蒸糯米,为饭相饷。十二月八日,作糯米糕,层裹棕叶,蒸以相饷,名曰鬼饼。二十四日,送灶。正三五九为吉月,妇女率游海畔,拜水神祈福。逢朔日,群汲新水献神,此其略也。余独疑国俗敬佛,而不知四月八日为佛诞辰,腊八鬼饼如角黍,而不知七宝粥。

国王送菊二十馀盆,花叶并茂,根际皆以竹签标名,内三种尤异类:一名"金锦",朵兼红黄白三色,小而繁,灿如列星;一名"重宝",瓣如莲而小,色淡红;一名"素球",瓣宽,不类菊,重叠千层,白如雪,皆所未见者。媵之以诗,诗云:"陶篱韩圃多秋色,未必当年有此花。似汝幽姿真可惜,移根无路到中华。"

见狮子舞,布为身,皮为头,丝为尾,剪彩如毛饰其外,头尾口眼皆活,镀睛贴齿,两人居其中,俯仰跳跃,相驯狎欢腾状。余曰:"此近古乐矣。"按《旧唐书·音乐志》,后周武帝时造太平乐,亦谓之五方狮子舞。白乐天《西凉妓》云:"假面夷人弄狮子,刻木为头丝作尾。金镀眼睛银贴齿,奋迅毛衣罢双耳。"即此舞也。

此邦有所谓踏柁戏者，横木以为梁，高四尺馀，复置板而横之，长丈有二尺，虚其两端，均力焉。夷女二，结束衣彩，赤双足，各手一巾，对立相视而歌。歌未竟，跃立两端，稍作低昂，势若水碓之起伏，渐起渐高。东者陡落而激之，则西飞起三丈余，翩翩若轻燕之舞于空也；西者落而陡激之，则东者复起，又如鸷鸟之直上青云也。叠相起伏，愈激愈疾，几若山鸡舞镜，不复辨其孰为影，孰为形焉。俄焉势渐衰，机渐缓，板末乃安，齐跃而下，整衣而立。终戏，无虚蹈方寸者，技至此绝矣。

接送宾客颇真率，无揖让之烦。客至不迎，随意坐，主人即具烟架火炉，竹筒木匣各一，横烟管其上，匣以烟，筒以弃灰也。遇所敬客，乃烹茶，以细末粉少许，杂茶末，入沸水半瓯，搅以小竹帚，以沫满瓯面为度。客去，亦不送。贵官劝客，常以箸蘸浆少许，纳客唇以为敬。烧酒著黄糖则名福，著白糖则名寿，亦劝客之一贵品也。

重阳具龙舟竞渡于龙潭，琉球亦于五月竞渡。重阳之戏，专为宴天使而设。因成三诗以志之，诗云："故园辜负菊花黄，万里迢迢在异乡。舟泛龙潭看竞渡，重阳错认作端阳。""去年秋在洞庭湾，亲摘黄花插翠鬟。今日登高来海外，累伊独上望夫山。""待将风信泛归槎,犹及初冬好到家。已误霜前开菊宴,还期雪里访梅花。"

闻程顺则曾于津门购得宋朱文公墨迹十四字,今其后裔犹宝之。借观不得,因至其家,开卷见笔势森严,如奇峰怪石,有岩岩不可犯之色,想见当日道学气象。字径八寸以上,文曰:"香飞翰苑围川野,春报南桥叠萃新。"后有名款,无岁月。文公墨迹,流传世间者,莫不宝而藏之,盖其所就者大,笔墨乃其馀事,而能自成一家言如此,知古人学力,无所不至也。

又游蔡清派家祠,祠内供蔡君谟画像,并出君谟墨迹见示,知为君谟之派,由明初至琉球,为三十六姓之一。清派能汉语,人亦倜傥。由祠至其家,花木俱有清致,池圆如月,为额其室曰"月波大屋"。大抵球人工剪剔树木,叠砌假山,故士大夫家,率有丘壑以供游览。庭中树长竿,上置小木舟,长二尺,桅舵帆橹皆备。首尾风轮五叶,挂色旗以候风。渡海之家,率预计归期,南风至,则合家欢喜,谓行人当归,归则撤之,即古五两旗遗意。

国王有墨长五寸,宽二寸。有老坑端砚,长一尺,宽六寸,有"永乐四年"字,砚背有"七年四月东坡居士留赠潘邠老"字,问知为前明受赐物。国中有东坡诗集,知王不但宝其砚矣。

棉纸清纸,皆以谷皮为之,恶不中书者。有护书纸,大者佳,高可三尺许,阔二尺,白如玉。小者减其半。亦有印花诗笺,可作札。别有围屏纸,则糊壁用矣。徐葆光《球纸诗》云:"冷金人手白于练,侧理海涛凝一片。昆刀截截径尺方,叠雪千层无幂面。"形容殆尽。

南炮台间有碑二,一正书剥蚀甚微,"奉书造"三字,一其国学书,前朝嘉靖二十一年建,惟不能尽识,其笔力正自遒劲飞舞。

有木曰山米,又名野麻姑,叶可染,子如女贞,味酸,土人榨以为醋。球醋纯白,不甚酸,供者以为米醋,味不类,或即此果所榨欤?

席地坐,以东为上,设毡。食皆小盘,方盈尺,著两板为脚,高八寸许。肴凡四进,各盘贮而不相共,三进皆附以饭,至四肴乃进酒二,不过三巡。每进肴止一盘,必撤前肴而后进其次肴。饭用油煎面果,次肴饭用炒米花,三肴用饭。每供肴酒,主人必亲手高举置客前,俯身搓手而退。终席,主人不陪,以为至敬。此球人宴会尊客之礼。平等乃对饮。大要球俗席皆坐地,无椅桌之用,食具如古俎豆,肴尽干制,无所用勺。虽贵官家食，不过一肴、一饭、一箸，箸多削新柳为之。即妻子不同食，犹有古人之遗风焉。

使院敷命堂后，旧有二榜。一书前明册使姓名：洪武五年，封中山王察度，使行人汤载；永乐二年，封武宁，使行人时中；洪熙元年，封巴志，使中官柴山；正统七年，封尚忠，使给事中俞忭、行人刘逊；十三年，封尚思达，使给事中陈传、行人万祥；景泰二年，封尚景福，使给事中乔毅、行人童守宏；六年，封尚泰久，使给事中严诚、行人刘俭；天顺六年，封尚德，使吏科给事中潘荣、行人蔡哲；成化六年，封尚圆，使兵科给事中官荣、行人韩文；十三年，封尚真，使兵科给事中董旻、行人司司副张祥；嘉靖七年，封尚清，使吏科给事中陈侃、行人高澄；四十一年，封尚元，使吏科左给事中郭汝霖、行人李际春；万历四年，封尚永，使户科左给事中肖崇业、行人谢杰；二十九年，封尚宁，使兵科右给事中夏子阳、行人王士正；崇祯元年，封尚丰，使户科左给事中杜三策、行人司司正杨伦。凡十五次，二十七人，柴山以前无副也。一书本朝册使姓名：康熙二年，封尚质，使兵科副理官张学礼、行人王垓；二十一年，封尚贞，使翰林院检讨汪楫、内阁中书舍人林麟焻；五十八年，封尚敬，使翰林院检讨海宝、翰林院编修徐葆光；乾隆二十一年，封尚穆，使翰林院侍讲全魁、翰林院编修周煌。凡四次，共八人。

清明后，南风为常，霜降后，南北风为常，反是飓飚将作。正二三月多飓，五六七八月多飚，飓聚发而倏止，飚渐作而多日。九月北风或连月，俗称九降风，间有飚起，亦骤如飓。遇飓犹可，遇飚难当。十月后多北风，飓飚无定期，舟人视风隙以来往。凡飓将至，天色有黑点，急收帆严舵以待，迟则不及，或至倾覆。飚将至，天边断虹若片帆，曰"破帆"，稍及半天如鲨尾，曰屈鲨，若见北方，尤虐。又海面骤变，多秽如米糠，及海蛇浮游，或红蜻蜓飞绕，皆飚风征。

自来球阳。忽已半年，东风不来，欲归无计。十月二十五日，乃始扬帆返国。至二十九日，见温州南杞山，少顷，见北杞山，有船数十只泊焉，舟人皆喜，以为此必迎护船也。守备登后艄以望，惊报曰："泊者贼船也！"又报："贼船皆扬帆矣！"未几，贼船十六只吆喝而来，我船从舵门放子母炮，立毙四人，击喝者坠海，贼退；枪并发，又毙六人；复以炮击之，毙五人；稍进，又击之，复毙四人。乃退去。其时贼船已占上风，暗移子母炮至舵右舷边，连毙贼十二人，焚其头篷，皆转舵而退。中有二船较大，复鼓噪由上风飞至。大炮准对贼船即施放,一发中其贼首,烟迷里许,既散,则贼船已尽退。是役也,枪炮俱无虚发,幸免于危。

不一时,北风又至,浪飞过船。梦中闻舟人哗曰:"到官塘矣。"惊起。从客皆一夜不眠,语余曰:"险至此,汝尚能睡耶?"余问其状,曰:"每侧则篷皆卧水,一浪盖船,则船身入水,惟闻瀑布声垂流不息,其不覆者,幸耶!"余笑应之曰:"设覆,君等能免乎?余入黑甜乡,未曾目击其险,岂非幸乎!"盥后,登战台视之,前后十馀灶皆没,船面无一物,爨火断矣。舟人指曰:"前即定海,可无虑矣。"申刻乃得泊,船户登岸购米薪,乃得食。是夜修家书,以慰芸之悬系,而归心益切。犹忆昔年芸尝谓余:"布衣菜饭,可乐终身,不必作远游。"此番航海,虽奇而险,濒危幸免,始有味乎芸之言也。

养生记逍

自芸娘之逝,戚戚无欢。春朝秋夕,登山临水,极目伤心,非悲则恨。读《坎坷记愁》,而余所遭之拂逆可知也。

静念解脱之法,行将辞家远出,求赤松子于世外。嗣以淡安、揖山两昆季之劝,遂乃栖身苦庵,惟以《南华经》自遣。乃知蒙庄鼓盆而歌,岂真忘情哉？无可奈何,而翻作达耳！余读其书,渐有所悟。读《养生主》而悟达观之士,无时而不安,无顺而不处,冥然与造化为一,将何得而何失,孰死而孰生耶？故任其所受,而哀乐无所错其间矣。又读《逍遥游》,而悟养生之要,惟在闲放不拘,怡适自得而已。始悔前此之一段痴情,得勿作茧自缚矣乎！此《养生记逍》之所为作也。亦或采前贤之说以自广,扫除种种烦恼,惟以有益身心为主,即蒙庄之旨也。庶几可以全生,可以尽年。

余年才四十,渐呈衰象,盖以百忧摧撼,历年郁抑,不无闷损。淡安劝余每日静坐数息,仿子瞻《养生颂》

之法,余将遵而行之。调息之法,不拘时候,兀身端坐,子瞻所谓摄身使如木偶也。解衣缓带,务令适然,口中舌搅数次,微微吐出浊气,不令有声,鼻中微微纳之,或三五遍、二七遍,有津咽下,叩齿数通,舌抵上腭,唇齿相著,两目垂帘令胧胧然,渐次调息,不喘不粗,或数息出或数息入,从一至十,从十至百,摄心在数,勿令散乱,子瞻所谓"寂然""兀然""与虚空等"也。如心息相依,杂念不生,则止勿数,任其自然,子瞻所谓"随"也。坐久愈妙,若欲起身,须徐徐舒放手足,勿得遽起。能勤行之,静中光景,种种奇特,子瞻所谓"定能生慧,自然明悟",譬如盲人忽然有眼也,直可明心见性,不但养身全生而已。出入绵绵,若存若亡,神气相依,是为真息。息息归根,自能夺天地之造化,长生不死之妙道也。

人大言,我小语。人多烦,我少记。人悸怖,我不怒。澹然无为,神气自满,此长生之药。《秋声赋》云:"奈何思其力之所不及,忧其智之所不能,宜其渥然丹者为槁木,黟然黑者为星星。"此士大夫通患也。又曰:"百忧感其心,万事劳其形,有动于中,必摇其精。"人常有多忧多思之患,方壮遽老,方老遽衰,反此亦长生之法。舞衫歌扇,转眼皆非;红粉青楼,当场即幻。

秉灵烛以照迷情,持慧剑以割爱欲,殆非大勇不能也。然情必有所寄,不如寄其情于卉木,不如寄其情于书画,与对艳妆美人何异,可省却许多烦恼。

范文正有云,千古贤贤,不能免生死,不能管后事。一身从无中来,却归无中去,谁是亲疏?谁能主宰?既无奈何,即放心逍遥,任委来往,如此断了。既心气渐顺,五脏亦和,药方有效,食方有味也。只如安乐人,忽有忧事,便吃食不下,何况久病?要忧身死,更忧身后,乃在大怖中,饮食安可得下?请宽心将息云云,乃劝其中舍三哥之帖。余近日多忧多虑,正宜读此一段。放翁胸次广大,盖与渊明、乐天、尧夫、子瞻等同其旷逸,其于养生之道,千言万语,真可谓有道之士,此后当玩索陆诗,正可疗余之病。

淴浴极有益。余近制一大盆,盛水极多,淴浴后,至为畅适。东坡诗所谓"淤槽漆斛江河倾,本来无垢洗更轻",颇领略得一二。治有病,不若治于无病,疗身不若疗心,使人疗尤不若先自疗也。林鉴堂诗曰:"自家心病自家知,起念还当把念医。只是心生心作病,心安那有病来时。"此之谓自疗之药,游心于虚静,结志于微妙,委虑于无欲,指归于无为,故能达生延命,与道为久。

《仙经》以精、气、神为内三宝,耳、目、口为外三宝,常令内三宝不逐物而流,外三宝不诱中而扰。重阳祖师于十二时中,行住坐卧,一切动中,要把心似泰山,不摇不动,谨守四门,眼耳鼻口,不令内入外出,此名养寿紧要。外无劳形之事,内无思想之患,以恬愉为务,以自得为功,形体不敝,精神不散。益州老人尝言,凡欲身之无病,必须先正其心,使其心不乱求,心不狂思,不贪嗜欲,不着迷惑,则心君泰然矣。心君泰然,则百骸四体虽有病,不难治疗。独此心一动,百患为招,即扁鹊华陀在旁,亦无所措手矣。林鉴堂先生有《安心诗》六首,真长生之要诀也。诗云:"我有灵丹一小锭,能医四海群迷病。些儿吞下体安然,管取延年兼接命。""安心心法有谁知,却把无形妙药医。医得此心能不病,翻身跳入太虚时。""念杂由来业障多,憧憧扰扰竟如何?驱魔自有玄微诀,引入尧夫安乐窝。""人有二心方显念,念无二心始为人。人心无二浑无念,念绝悠悠见太清。""这也了时那也了,纷纷攘攘皆分晓。云开万里见清光,明月一轮圆皎皎。""四海邀游养浩然,心连碧水水连天。津头自有渔郎问,洞里桃花日日鲜。"

禅师与余谈养心之法,谓心如明镜,不可以尘之也;又如止水,不可以波之也。此与晦庵所言学者常要提醒此心,惺惺不寐,如日中天,群邪自息,其旨正同。又言目毋妄视,耳毋妄听,口毋妄言,心毋妄动,贪嗔痴爱,是非人我,一切放下,未事不可先迎,遇事不宜过扰,既事不可留住,听其自来,应以自然,信其自去,忿懥恐惧,好乐忧患,皆得其正,此养心之要也。

王华子曰:斋者,齐也,齐其心而洁其体也,岂仅茹素而已!所谓齐其心者,澹志寡营,轻得失,勤内省,远荤酒;洁其体者,不履邪径,不视恶色,不听淫声,不为物诱,入室闭户,烧香静坐,方可谓之斋也。诚能如是,则身中之神明自安,升降不碍,可以却病,可以长生。

余所居室,四边皆窗户,遇风即阖,风息即开。余所居室,前帘后屏,太明即下帘,以和其内映,太暗则卷帘,以通其外耀,内以安心,外以安目,心目俱安,则身安矣。

禅师称二语告我曰:未死先学死,有生即杀生。有生,谓妄念初生;杀生,谓立予铲除也。此与孟子勿忘勿助之功相通。

孙真人卫生歌云:"卫生切要知三戒,大怒大欲并大醉。三者若还有一焉,须防损失真元气。"又云:"世人欲知卫生道,喜乐有常嗔怒少。心诚意正思虑除,理顺修身去烦恼。"又云:"醉后强饮饱强食,未有此生不成疾。入资饮食以养身,去其甚者自安适。"又蔡西山卫生歌云:"何必餐霞饵大药,妄意延龄等龟鹤。但于饮食嗜欲间,去其甚者将安乐。食后徐行百步多,两手摩胁并胸腹。"又云:"醉眠饱卧俱无益,渴饮饥餐尤戒多。食不欲粗并欲速,宁可少餐相接续。若教一顿饱充肠,损气伤脾非尔福。"又云:"饮酒莫教令大醉,大醉伤神损心志。酒渴饮水并啜茶,腰脚自兹成重坠。"又云:"视听行坐不可久,五劳七伤从此有。四肢亦欲得小劳,譬如户枢终不朽。"又云:"道家更有颐生旨,第一戒人少嗔恚。"凡此数言,果能遵行,功臻旦夕,勿谓老生常谈也。

洁一室,开南牖,八窗通明,勿多陈列玩器,引乱心目。设广榻长几各一,笔砚楚楚,旁设小几一,挂字画一幅,频换。几上置得意书一二部,古帖一本,古琴一张。心目间常要一尘不染。晨入园林,种植蔬果,芟草,灌花,蒔药。归来入室,闭目定神。时读快书,怡悦神气。时吟好诗,畅发幽情。临古帖,抚古琴,倦即止。知己聚谈,勿及时事,勿及权势,勿臧否人物,勿争辩是非。或约闲行,不衫不履,勿以劳苦徇礼节。小饮勿醉,陶然而已。诚然如是,亦堪乐志。以视夫蹩足入绊,申胆就羁,游卿相之门,有簪佩之累,岂不霄壤之悬哉!

太极拳非他种拳术可及,"太极"二字已完全包括此种拳术之意义。太极乃一圆圈,太极拳即由无数圆圈联贯而成之一种拳术,无论一举手,一投足,皆不能离此圆圈,离此圆圈,便违太极拳之原理。四肢百骸,不动则已,动则皆不能离此圆圈,处处成圆,随虚随实。练习以前,先须存神纳气,静坐数刻,并非道家之守窍也,只须屏绝思虑,务使万缘俱静。以缓慢为原则,以毫不使力为要义,自首至尾,联绵不断。相传为辽阳张通,于洪武初奉召入都,路阻武当,夜梦异人,授以此种拳术。余近年从事练习,果觉身体较健,寒暑不侵,用以卫生,诚有益而无损者也。

省多言,省笔札,省交游,省妄想,所一息不可省者,居敬养心耳。杨廉夫有《路逢三叟词》云:"上叟前致词,大道抱天全;中叟前致词,寒暑每节宣;下叟前致词,百岁半单眠。"尝见后山诗中一词,亦此意,盖出应璩。璩诗曰:"昔有行道人,陌上见三叟。年各百岁馀,相与锄禾麦。往前问三叟,何以得此寿?上叟前致词,室内姬粗丑;二叟前致词,量腹节所受;下叟前致词,夜卧不覆首。要哉三叟言,所以能长久。"

古人云:"比上不足,比下有余",此最是寻乐妙法也。将啼饥者比,则得饱自乐;将号寒者比,则得暖自乐;将劳役者比,则优闲自乐;将疾病者比,则康健自乐;将祸患者比,则平安自乐;将死亡者比,则生存自乐。白乐天诗有云:"蜗牛角内争何事,石光火中寄此身。随富随贫且欢喜,不开口笑是痴人。"近人诗有云:"人生世间一大梦,梦里胡为苦认真。梦短梦长俱是梦,忽然一觉梦何存。"与乐天同一旷达也!

"世事茫茫,光阴有限,算来何必奔忙?人生碌碌,竞短论长,却不道荣枯有数,得失难量。看那秋风金谷,夜月乌江,阿房宫冷,铜雀台荒。荣华花上露,富贵草头霜。机关参透,万虑皆忘。夸什么龙楼凤阁,说什么利锁名缰,闲来静处,且将诗酒猖狂。唱一曲归来未晚,歌一调湖海茫茫。逢时遇景,拾翠寻芳。约几个知心密友,到野外溪傍,或琴棋适性,或曲水流觞,或说些善因果报,或论些今古兴亡,看花枝堆锦绣,听鸟语弄笙簧。一任他人情反复,世态炎凉,优游闲岁月,潇洒度时光。"此不知为谁氏所作,读之而若大梦之得醒,热火世界一帖清凉散也。

程明道先生曰:吾受气甚薄,因厚为保生,至三十而浸盛,四十五十而后完,今生七十二年矣,较其筋骨,于盛年无损也。若人待老而保生,是犹贫而后蓄积,虽勤亦无补矣。口中言少,心头事少,肚里食少,有此三少,神仙可到。酒宜节饮,忿宜速惩,欲宜力制,依此三宜,疾病自稀。病有十可却:静坐观空,觉四大原从假合,一也;烦恼现前,以死譬之,二也;常将不如我者,巧自宽解,三也;造物劳我以生,遇病少闲,反生庆幸,四也;宿孽现逢,不可逃避,欢喜领受,五也;家室和睦,无交谪之言,六也;众生各有病根,常自观察克治,七也;风寒谨防,嗜欲淡薄,八也;饮食宁节毋多,起居务适毋强,九也;觅高明亲友,讲开怀出世之谈,十也。

邵康节居安乐窝中,自吟曰:"老年肢体索温存,安乐窝中别有春。万事去心闲偃仰,四肢由我任舒伸。炎天傍竹凉铺簟,寒雪围炉软布裀。昼数落花聆鸟语,夜邀明月操琴音。食防难化常思节,衣必宜温莫懒增。谁道山翁拙于用,也能康济自家身。"

养生之道,只"清净明了"四字,内觉身心空,外觉万物空,破诸妄想,一无执着,是曰清净明了。万病之毒,皆生于浓:浓于声色,生虚怯病;浓于货利,生贪饕病;浓于功业,生造作病;浓于名誉,生矫激病。噫,浓之为毒甚矣!樊尚默先生以一味药解之曰"淡"。云白山青,川行石立,花迎鸟笑,谷答樵讴,万境自闲,人心自闹。

岁暮访淡安,见其凝尘满室,泊然处之。叹曰:所居必洒扫涓洁,虚室以居,尘器不染,斋前杂树花木,时观万物生意。深夜独坐,或启扉以漏月光,至昧爽,但觉天地万物,清气自远而届,此心与相流通,更无窒碍。今室中芜秽不治,弗以累心,但恐于神爽未必有助也。

余年来静坐枯庵,迅扫夙习。或浩歌长林,或孤啸幽谷,或弄艇投竿于溪涯湖曲,捐耳目,去心智,久之似有所得。陈白沙曰:不累于外物,不累于耳目,不累于造次颠沛。鸢飞鱼跃,其机在我。知此者谓之善学,抑亦养寿之真诀也,圣贤皆无不乐之理。孔子曰:"乐在其中。"颜子曰:"不改其乐。"孟子以"不愧不怍"为乐。《论语》开首说乐,《中庸》言"无入而不自得",程朱教寻孔颜乐趣,皆是此意。圣贤之乐,余何敢望?窃欲仿白傅之"有叟在中,白须飘然,妻孥熙熙,鸡犬闲闲"之乐云耳。

冬夏皆当以日出而起,于夏尤宜。天地清旭之气,最为爽神,失之甚为可惜。余居山寺之中,暑月日出则起,收水草清香之味,莲方敛而未开,竹含露而犹滴,可谓至快。日长漏永,午睡数刻,焚香垂幕,净展桃笙。睡足而起,神清气爽,真不啻天际真人也。

乐即是苦,苦即是乐,带些不足,安知非福?举家事事如意,一身件件自在,热光景即是冷消息。圣贤不能免厄,仙佛不能免劫,厄以铸圣贤,劫以炼仙佛也。

牛喘月,雁随阳,总成忙世界;蜂采香,蝇逐臭,同是苦生涯。劳生扰扰,惟利惟名,牿旦昼,蹶寒暑,促生死,皆此两字误之。以名为炭而灼心,心之液涸矣;以利为蛋而蜇心,心之神损矣。今欲安心而却病,非将名利两字涤除净尽不可。

余读柴桑翁《闲情赋》,而叹其钟情;读《归去来辞》,而叹其忘情;读《五柳先生传》,而叹其非有情,非无情,钟之忘之而妙焉者也。余友淡公最慕柴桑翁,书不求解而能解,酒不期醉而能醉。且语余曰:"诗何必五言,官何必五斗,子何必五男,宅何必五柳。"可谓逸矣!余梦中有句云:"五百年谪在红尘,略成游戏;三千里击开沧海,便是逍遥。"醒而述诸琢堂,琢堂以为飘逸可诵,然而谁能会此意乎?

真定梁公每语人,每晚家居,必寻可喜笑之事,与客纵谈,掀髯大笑,以发舒一日劳顿郁结之气,此真得养生要诀也。曾有乡人过百岁,余扣其术,笑曰:"余乡村人,无所知,但一生只是喜欢,从不知忧恼。"此岂名利中人所能哉!昔王右军云:"吾笃嗜种果,此中有至乐存焉。我种之树,开一花结一实,玩之偏爱,食之益甘。"右军可谓自得其乐矣。放翁梦至仙馆,得诗云:"长廊下瞰碧莲沼,小阁正对青萝峰。"便以为极胜之景。余居禅房,颇擅此胜,可傲放翁矣。

余昔在球阳,日则步屦于空潭、碧涧、长松、茂竹之侧,夕则挑灯读白香山、陆放翁之诗,焚香煮茶,延两君子于座,与之相对,如见其襟怀之澹宕,几欲弃万事而从之游,亦愉悦身心之一助也。

余自四十五岁以后,讲求安心之法,方寸之地,空空洞洞,朗朗惺惺,凡喜怒哀乐,劳苦恐惧之事,决不令之入。譬如制为一城,将城门紧闭,时加防守,惟恐此数者阑入。近来渐觉阑入之时少,主人居其中,乃有安适之象矣。养身之道,一在慎嗜欲,一在慎饮食,一在慎忿怒,一在慎寒暑,一在慎思索,一在慎烦劳。有一于此,足以致病,安得不时时谨慎耶!

张敦复先生尝言:古人读《文选》而悟养生之理,得力于两句,曰:"石蕴玉而山辉,水含珠而川媚。"此真是至言。尝见兰蕙芍药之蒂间,必有露珠一点,若此一点为蚁虫所食,则花萎矣。又见笋初出,当晓则必有露珠数颗在其末,日出则露复敛而归根,夕则复上。田间有诗云"夕看露颗上梢行"是也。若侵晓入园,笋上无露珠,则不成竹,遂取而食之。稻上亦有露,夕现而朝敛,人之元气全在乎此。故《文选》二语,不可不时时体察,得诀固不在多也。

余之所居,仅可容膝,寒则温室拥杂花,暑则垂帘对高槐,所自适于天壤间者,止此耳。然退一步想,我所得于天者已多,因此心平气和,无歆羡,亦无怨尤,此余晚年自得之乐也。圃翁曰:人心至灵至动,不可过劳,亦不可过逸,惟读书可以养之。闲适无事之人,镇日不观书,则起居出入,身心无所栖泊,耳目无所安顿,势必心意颠倒,妄想生嗔,处逆境不乐,处顺境亦不乐也。古人有言:扫地焚香,清福已具。其有福者,佐以读书;其无福者,便生他想。旨哉斯言!且从来拂意之事,自不读书者见之,似为我所独遭,极其难堪。不知古人拂意之事有百倍于此者,特不细心体验耳!即如东坡先生,殁后遭逢高孝,文字始出,而当时之忧谗畏讥,困顿转徙潮惠之间,且遇跣足涉水,居近牛栏,是何如境界?又如白香山之无嗣,陆放翁之忍饥,皆载在书卷,彼独非千载闻人?而所遇皆如此!诚一平心静观,则人间拂意之事,可以涣然冰释。若不读书,则但见我所遭甚苦,而无穷怨尤嗔忿之心,烧灼不静,其苦为何如耶!故读书为颐养第一事也。

吴下有石琢堂先生之城南老屋,屋有五柳园,颇具泉石之胜。城市之中而有郊野之观,诚养神之胜地也。有天然之声籁,抑扬顿挫,荡漾余之耳边。群鸟嘤鸣林间时所发之断断续续声,微风振动树叶时所发之沙沙簌簌声,和清溪细流流出时所发之潺潺淙淙声,余泰然仰卧于青葱可爱之草地上,眼望蔚蓝澄澈之穹苍,真是一幅绝妙画图也。以视拙政园一喧一静,真远胜之。

吾人须于不快乐之中,寻一快乐之方法,先须认清快乐与不快乐之造成,固由于处境之如何,但其主要根苗,还从己心发长耳。同是一人,同处一样之境,甲却能战胜劣境,乙反为劣境所征服。能战胜劣境之人,视劣境所征服之人,较为快乐。所以不必歆羡他人之福,怨恨自己之命,否则,是何异雪上加霜,愈以毁灭人生之一切也。无论如何处境之中,可以不必郁郁,须从郁郁之中,生出希望和快乐之精神。偶与琢堂道及,琢堂亦以为然。

家如残秋,身如昃晚,情如剩烟,才如遭电,余不得已而游于画,而狎於诗,竖笔横墨,以自鸣其所喜,亦犹小草无聊,自矜其花,小鸟无奈,自矜其舌。小春之月,一霞始晴,一峰始明,一禽始清,一梅始生,而一诗一画始成。与梅相悦,与禽相得,与峰相立,与霞相捐,画虽拙而或以为工,诗虽苦而自以为甘。四壁已倾,一瓢已敝,无以损其愉悦之胸襟也。囮翁拟一联,将悬之草堂中:"富贵贫贱,总难称意,知足即为称意;山水花竹,无恒主人,得闲便是主人。"其语虽俚,却有至理。天下佳山胜水、名花美竹无限,大约富贵人役于名利,贫贱人役于饥寒,总鲜领略及此者。能知足,能得闲,斯为自得其乐,斯为善于摄生也。

心无止息,百忧以感之,众虑以扰之,若风之吹水,使之时起波澜,非所以养寿也。大约从事静坐,初不能妄念尽捐,宜注一念,由一念至于无念,如水之不起波澜。寂定之余,觉有无穷恬淡之意味,愿与世人共之。阳明先生曰:"只要良知真切,虽做举业,不为心累。"且如读书时,"知强记之心不是,即克去之;有欲速之心不是,即克去之;有夸多斗靡之心不是,即克去之。如此,亦只是终日与圣贤印对,是个纯乎天理之心。任他读书,亦只调摄此心而已,何累之有?"录此以为读书之法。

汤文正公抚吴时,日给惟韭菜,其公子偶市一鸡,公知之,责之曰:"恶有士不嚼菜根而能作百事者哉!"即遣去。奈何世之肉食者流,竭其脂膏,供其口腹,以为分所应尔。不知甘脆肥脓,乃腐肠之药也。大概受病之始，必由饮食不节。俭以养廉，澹以寡欲，安贫之道在是，却疾之方亦在是。余喜食蒜，素不贪屠门之嚼，食物素从省俭。自芸娘之逝，梅花盒亦不复用矣，庶不为汤公所呵乎！留侯、邺侯之隐于白云乡，刘、阮、陶、李之隐于醉乡，司马长卿以温柔乡隐，希夷先生以睡乡隐，殆有所托而逃焉者也。余谓白云乡则近于渺茫，醉乡、温柔乡抑非所以却病而延年，而睡乡为胜矣。妄言息躬，辄造逍遥之境；静寐成梦，旋臻甜适之乡。余时时税驾，咀嚼其味，但不从邯郸道上，向道人借黄粱枕耳。

养生之道，莫大于眠食。菜根粗粝，但食之甘美，即胜于珍错也。眠亦不在多寝，但实得神凝梦甜，即片刻亦足摄生也。放翁每以美睡为乐，然睡亦有诀，孙真人云："能息心，自瞑目。"蔡西山云："先睡心，后睡眼。"此真未发之妙。禅师告余伏气，有三种眠法：病龙眠，屈其膝也；寒猿眠，抱其膝也；龟鹤眠，踵其膝也。余少时见先君子于午餐之后，小睡片刻，灯后治事，精神焕发。余近日亦思法之，午餐后于竹床小睡，入夜果觉清爽，益信吾父之所为，一一皆可为法。

余不为僧，而有僧意。自芸之殁，一切世味皆生厌心，一切世缘皆生悲想，奈何颠倒不自痛悔耶！近年与老僧共话无生,而生趣始得。稽首世尊,少忏宿愆,献佛以诗,餐僧以画。画性宜静,诗性宜孤,即诗与画,必悟禅机,始臻超脱也。